SV

# Petri Tamminen
# Verstecke

Aus dem Finnischen von
Stefan Moster

Suhrkamp

Die Originalausgabe erschien 2002
unter dem Titel *Piiloutujan maa*
bei Otava, Helsinki

Erste Auflage 2005

Druck: Freiburger Graphische Betriebe, Freiburg
Printed in Germany
ISBN 3-518-41686-3

1 2 3 4 5 6 – 10 09 08 07 06 05

# Verstecke

# An die deutschen Leser

Im Februar 2003 war ich in Deutschland auf Lesereise, um meinen Roman *Der Eros des Nordens* vorzustellen. Die Veranstaltungen fanden in Berlin, Frankfurt, München und Düsseldorf statt. Dabei wurde ich gebeten, auch in meiner eigenen Sprache zu lesen, auf finnisch. Ich verbarg meine Verwunderung und befolgte gehorsam die Bitte des Publikums. Schließlich hat jedes Volk seine Perversionen, die ein Außenstehender gar nicht begreifen *kann.*

Zum Abschluß des Abends las mein Übersetzer Stefan Moster stets noch Auszüge aus den hier vorliegenden Versteckgeschichten. Ich befürchtete, das Publikum könnte sie für befremdlich halten. Ich dachte, die Leidenschaft, sich zu verstecken, sei nur für uns Bewohner des Nordens typisch. Für uns, die wir uns sogar in den Nationalhymnen in die Einsamkeit zurückziehen, für uns, deren Sorgen und Kummer allein der düstere Wald und der klare Himmel verstehen.

Doch ich wurde überrascht. Das Publikum lauschte aufmerksam. Viele kamen anschließend zu mir, um ausgerechnet über diese kleinen Geschichten zu reden. Das tröstete mich auf geheimnisvolle Weise. Den Rest der Reise betrachtete ich die Umgebung aus der Perspektive des Menschen, der sich versteckt, und in manchen Augenblicken, im Gedränge des Düsseldorfer Hauptbahnhofs oder in der Münchner Fußgängerzone, verstand ich sehr wohl, daß es auch in Deutschland reichlich Sehnsucht nach Stille geben muß.

Ich hoffe, Sie, verehrter Leser und verehrte Leserin, die Sie den Menschen, der sich verstecken will, in sich anerkennen, werden in diesem Buch Ideen und Tips finden, die Sie dann auf die örtlichen Umstände übertragen können.

Am wichtigsten ist der Glaube an die eigenen Bedürfnisse und Fähigkeiten als Mensch, der sich versteckt. Sie muß man respektieren.

Als konkretes Beispiel für ein hervorragendes Alltagsversteck möchte ich meinen deutschen Lesern einen Vorschlag machen: die Lesung. Beim Auftritt eines Schriftstellers aus einem kleinen und fremden Sprachraum, in der hintersten Reihe – das muß ein paradiesischer Platz sein. Man sieht keine Bekannten im Raum, die Beleuchtung ist gedämpft, die fremde Sprache fließt gleichmäßig und einschläfernd dahin. Indem man verstohlen den Stuhl verrückt, kann man in den Schatten einer Säule oder einer Nische gleiten. Dort, in der Unsichtbarkeit des hintersten Winkels der Buchhandlung, hört die Zeit auf zu existieren. Dort darf man für einen Augenblick niemandem gehören, man darf niemand und nirgendwo sein.

Petri Tamminen
Vääksy, im Oktober 2003

## Ins Versteck

Nervenheilanstalten gibt es nicht mehr, aber Verstecke gibt es. Im Schilf oder zwischen trockenen Wintergräsern kann man sich verkriechen, in unscheinbarem Gestrüpp findet sich ein Platz. Die Wandkonstruktion eines verlassenen Stalles oder eines grob gemauerten Depots bietet Schlupfwinkel, doch niemand fragt danach.

Im Getöse der Welt werden an Mittsommer Messer geschwungen und Hochzeiten gesprengt, in der Stille des Hauses jedoch ist Mittsommer der Morgen, an dem das Wasser im Fluß steht und der harte Bursche auf der Holzbank liegt und auf die Schläge seines Herzens lauscht. Im Getöse der Welt kreischt der Mann hoch auf dem Hügel, trunken und mit zu Berge stehendem Haar, doch im Versteck des Waldes analysiert er, was er getan hat. Im Getöse der Welt werden Schlager über die Liebe gegrölt, im Versteck aber singt man die Weise von der Sehnsucht, aus der das Leben besteht.

Das Versteck der Kindheit suchen wir, wenn wir auf der Suche nach einer guten Wohnung, einem guten Café sind, nach einem Ort, wo Wohlsein ist. Wir suchen jenen Kleiderschrank, in den wir uns zurückzogen, wenn man uns gekränkt hatte. Nie können wir die Atmosphäre dieses Verstecks vergessen. Wir sehnen uns nach jenem Lichtschein, dem gleichen, den das Jesuskind im Schoße Mariens sah, als das Licht der Welt durch das Jungfernhäutchen schimmerte.

## Der Dachboden

Der Keller taugt als Versteck, wenn es dem Leben an Baßgewummer und Tschetschenien fehlt – wenn der eigene Körper Übelkeit bereitet und der Alltag fahl und träge ist. Der Dachboden jedoch taugt immer als Versteck. Auf dem Dachboden herrscht die Wärme von verbranntem Orange. Auf dem Dachboden riecht es nach Sägemehl. Unten in der Wohnung spricht jemand, der Wind säuselt in den Bäumen, und die Wespen leben in den Ritzen des Gebälks. Auch im Drahtkäfig eines Mietshauses kann sich ein Dachbodenversteck befinden, durch entsprechende Einrichtung schafft man sich dort ein gemütliches Nest.

Jeder hat sich schon einmal klammheimlich vom Spektakel im Parterre verzogen und ist die Treppe zum Himmel emporgestiegen, in die Stille des Dachbodenverstecks. Dort klingen die Stimmen der Menschen matt. Dorthin dringt der Lärm der Welt gedämpft und wie aus einer anderen Zeit, aus einer, die man bereits überstanden hat. Dort kann man unter einem Webstuhl im Duft von alten Zeitschriften und verschossenen Tapeten liegen und lauschen, wie das Leben vorüberströmt. Man fühlt sich leicht wie in einem Bestattungsinstitut im Juli, wo der Besitzer ein Käsebrot verzehrt und die Sonne auf die Flanken der Särge scheint.

Für eine größere Gruppe eignet sich der Dachboden nicht. Der intime Raum macht die Menschen verlegen, und sogar erwachsene Männer verlieren ihre Ungezwungenheit. Zum Dachboden gehören Einsamkeit und Jugend, dort lernt man Sex und Existentialismus: der 17jährige kommt heimlich vom Tanz, dreht vorsichtig den Schlüssel um, steigt die Treppe hinauf, öffnet die Tür zur Dachkammer, zieht sich aus, legt sich ins Bett und flüstert im Dunkel unter seiner Decke: »Warum knarrt hier jedes Brett?«

Auch der Familienvater versteckt sich gern auf dem Dachboden, er weicht den samstäglichen Pflichten aus und blättert in einer Landwirtschaftzeitung aus dem Jahr 1956. Wenn er wieder herunterkommt, ist es bereits Nachmittag, das Essen ist fertig, und alles ist gut. Der Familienvater begreift, daß man ihn nicht immer braucht, daß Schaden und Nutzen, die er verursacht, einander ausgleichen. Diese Erkenntnis beruhigt. In ihrem Schutz kann sich der Vater wieder für lange Zeit in die Probleme der Familie einmischen.

In einem guten Dachbodenversteck gibt es haufenweise nutzlosen Kram, Geschenkpapier von vorletzter Weihnacht, Patronenhülsen und ein schwedisches Taschenbuch namens »Det är kärlek, Gunilla«. All das gibt es, aber nichts hat Auswirkungen auf den heutigen Tag. Da ist Staub und der Geruch von Lumpen, da gibt es leere Keksdosen und Tagebücher. Man findet Feldpost, in der von Fleischfetzen die Rede ist, die an Kiefernzweigen hängen, und eine Verbandstasche, wie sie in den sechziger Jahren bei den Sanitätern in Gebrauch war, als der Bauer aus dem Nachbardorf auf seiner Jawa aufs Feld gefahren kam und darum bat, ihm seinen Zahn auszureißen. Es gibt das alte Familienalbum und darin ein Gruppenbild, wo in der hinteren Reihe ein Pferd steht. Es blickt ernst in die Kamera.

Hat man den Nachmittag über auf dem stillen Dachboden gesessen und steigt danach in die Wohnung hinab, hat man das Gefühl, von weit her zu kommen. Die Stube ist hell, der Himmel draußen hoch. Die Bäume stehen düster da. Der Wind schlägt die Schnur gegen die Fahnenstange – die Landschaft ist voller Einzelheiten. Vom Haus führt ein

Weg in die Welt. Dort ist das Leben wirr. Dort ist man abwechselnd Chauffeur und Passagier.

Ein Dachboden-Mensch kann Jahre im Parterre der Welt verbringen. Wenn er dann wieder auf den Dachboden steigt, erinnert er sich an die Kindheit. Es scheint, als stamme alles, woran man glaubt, von hier, alle Dauerhaftigkeit und Kraft, all das, in dessen Schutz man morgens aufsteht. Man hat das Gefühl, man hätte vom Leben seinen Teil auch dann bekommen, wenn man sich nie vom Dachboden entfernt hätte.

## Das Fabrikgelände

Die verlassenen Höfe zwischen Fabrikhallen dürfen niemals Liebe erfahren. An den Wänden der Baracken wachsen die einsamsten, nutzlosesten Gräser. Unter dem Dach des Fahrradständers verlieren jahrealter Müll und vergessene Werbesprüche ihre Farbe. An morsche Paletten denkt niemand zurück. Keine Menschenhand berührt bröckelnde Laderampen und die Kabeltrommeln darauf. Das Unkraut welkt dahin, die Löwenzahnblätter verblassen zu russischem Grün. Hier ist die Welt des Menschen, der sich versteckt.

Ein Fabrikgelände im Juni bietet trockene, behagliche Plätze. Inmitten von Schrott ist man weit weg vom Lärm und doch tröstlich nahe am keuchenden Leben, am Gefühl der Produktivität und an rauschenden Lüftungsrohren. Die früh um sieben erscheinenden Arbeiter sind wie Mütter und Väter. Der Mensch, der sich versteckt, genießt den rechtschaffenen Rhythmus, den regelmäßigen Gang von Leuten und Lastkraftwagen.

Auf dem Fabrikgelände fühlt man sich schuldlos. Wenn man hier entdeckt wird, macht einem keiner schwere Vorwürfe. Die Umgebung spricht für den Menschen im Versteck. Selbst der barscheste Wachmann wittert die Wehmut und geleitet den Menschen zärtlich aus dem Versteck hinaus.

Im Inneren der Fabrik sollte man sich nicht verbergen. Die Labyrinthe locken, aber im Bauch der Fabrik wohnt die Einsamkeit und der erstickende Geruch von Beton. Das Untergestell eines riesigen Ofens in einer Großbäckerei mag warm aussehen, doch wenn der Samstagmorgen anbricht, die Bäcker mit den Schiffchen auf dem Kopf sich ein schönes Wochenende zurufen und die Halle still wird und der Ofen knackend abkühlt, werden die Augen feucht.

Das beste Fabrikversteck findet sich hoch oben an einem aufgelassenen Ziegelschornstein. Wer sich auf einer Palette außen vom Schornstein abseilt, gelangt auf die Handfläche Gottes. Der gewölbte Deckel des Himmels entfaltet sich als Dach. Bei klarem Wetter sieht man die Streifen eines Flugzeugs, bisweilen die Maschine selbst, wie Schmuck am Himmel funkelnd. Dann ist es angenehm, an die Menschen im Inneren der Maschine zu denken, wie sie in der Sonne sitzen und Zeitung lesen.

Geräusche gibt es viele im Kamin. Der Wind klingt und rauscht, heult und knurrt. Bei Flaute ist es ganz still. Dann muß man sich räuspern, mit den Schuhen klappern oder in die Hände klatschen. Das Echo klingt düster. Es ist nicht bedrohlich, es ist wie ein geschätzter Freund, der Schutz verspricht für lange Zeit.

Wenn die Sonne zum Abschluß des Tages untergeht und das Blau des Himmels splittert, ist das Gemüt des Menschen im Versteck erleuchtet. Er legt die Wange an die warme Flanke des Schornsteins und hebt den Blick. Die letzte Möwe des Abends läßt sich auf dem Rand des Schornsteins nieder und fliegt wieder auf. Der Sommer geht weiter.

## Menschenmengen

Mörder und andere Verbrecher verstecken sich gern in der Menge. Nach ihrer Tat wollen sie wieder Teil der Gemeinschaft sein. Lee Harvey Oswald versteckte sich in einem Kino. In dessen Dunkelheit war er den anderen für eine Weile ebenbürtig. In den komplizierten, brutalen Geschehnissen auf der Leinwand sah er den Beweis für die Komplexität und Brutalität der Welt. Ins Kino zu gehen hat immer etwas von dem Versuch des Widerrufens: Was mir passiert, ist nur ein Spiel, alles ist nur ein Spiel.

Ein gewöhnlicher Mensch findet in Volksmengen keine Hilfe. Ihr Schutz ist scheinbar. Doch richtet sich die Aufmerksamkeit der Masse auf einen Punkt, kann das eigene Befinden erträglich sein: Dann kann während eines hitzigen Fußballspiels der angenehme Eindruck von Unsichtbarkeit entstehen. In der U-Bahn entsteht dieses Gefühl nicht. Rolltreppen und U-Bahn-Waggons führen stummes Volk mit sich, und allen springt in die Augen, daß man sich hektisch um ein Versteck bemüht.

Im Gedränge von Festen und Konzerten fühlt man sich anfangs geschützt: Munter schlängelt man sich durchs Gewimmel. Der Geist stimmt sich auf einen heiteren Abend ein, und der Körper ist schwerelos. Nach drei Minuten kommt die Beklemmung. Dann nichts wie ins Versteck.

Stets blamiert man sich bei Festen auch, man wird bei einer Lüge ertappt oder erzählt einer Frau, die durch einen Unfall Witwe wurde, einen Witz über einen Unfall. Kann man nicht türmen, muß man den Irren simulieren, muß von Einhörnern faseln und von den Infektionskrankheiten des Mittelalters: So einer bin ich, bei mir weiß man nie, was kommt. Ein wirkungsvolles Mittel besteht auch darin, dem Gegenüber brennend in die Augen zu schauen und Fragen aneinanderzureihen: Warum hat das Haus einen Fußboden? Warum wächst der Mensch?

Um Taten zu sühnen, reichen Worte nicht aus. Schleckt man am Ort der Feierlichkeit heimlich in der Küche von der Torte, stößt leicht auf und wird dabei von der Hausherrin entdeckt, die auf der Schwelle erscheint, muß man einfach die Bewegungen in die Länge ziehen, mit dem Zeigefinger voller Sahne weite Bögen schwenken und die untere Zahnreihe entblößen. Auch röcheln ist möglich. Das irritiert die Hausherrin, und sie vergißt, was sie gesehen hat.

Falls großes Publikum Zeuge der Schande ist, muß man sich losreißen und spurlos verschwinden. Jetzt taugt alles als Versteck, auch das Menschengewimmel auf der Straße. Dort kann man in Spazierschritt fallen und sein Gesicht zu einem ausdruckslosen Abguß werden lassen. Was die Zeit betrifft, ist man erwartungsvoll: Wenn nur bald 25 Jahre vergangen und der Vorfall in Vergessenheit geraten wäre! Dies wird nicht der Fall sein. Wenn am Jüngsten Tag die Seelen in den Himmel fahren, wird man hier und da Zeugen der Schande begegnen.

Der kluge Festgast versteckt sich, noch bevor etwas passieren kann. Er löst sich, sobald sich die ersten Grüppchen bilden, und verschwindet im erstbesten leeren Nebenraum. In einem solchen Notversteck herrscht eine kameradschaftliche Atmosphäre. Die matte Wärme der Abwesenheit breitet sich im Körper aus. Nichts Schlimmes kann geschehen. Die Menschenmenge jenseits der Wand keucht wie ein großes, gezähmtes Tier.

Als bedeutsam empfindet man es, wenn andere Menschen sich im Festversteck einfinden – Vorübergehende oder

Verirrte. Sie bringen einen Hauch von Ausgelassenheit mit sich. Die Röte des Eifers im Gesicht, prallen sie herein und entfernen sich mit der gleichen Geschwindigkeit. Ihre Ungezwungenheit verblüfft: frappiert sie nicht der Gegensatz zwischen dieser Welt und der da draußen?

Das Festversteck schützt nicht für immer. Das Gefühl für seinen Sinn läßt nach. Der Trubel lockt, seine ausgestreckte Hand verführt. Aus dem Versteck muß man sich entfernen, wie man aus einem überfüllten Bus aussteigt – sich selbst überraschend und aller Welt zum Trotz: »Ich brauche dieses Verkehrsmittel nicht mehr.« Die Tür geht auf, der Saal und seine letzten Gäste werden sichtbar. Jetzt ist die Gelegenheit, zu leuchten, sich prächtig zu benehmen und zu blinken wie ein Pokal: die reale Gefahr eines Kontaktes besteht nicht mehr.

Auf der Straße fühlt man sich betrübt. Das Fest blieb ungefeiert. Erleichterung kann man in seinem Selbstmitleid suchen: Man hat mich schlecht behandelt. Auch diese Quelle des Trostes versiegt bald. Hauptsache, man kommt jetzt nach Hause.

## Versteck spielen

Das Auge des geschulten Kinderhüters sieht auf den ersten Blick, wer beim Versteckspiel am längsten gesucht wird. Die Schüchternen bleiben hinter dem nächsten Baum stehen, ebenso die Lebhaften, die sich immer bloß zeigen wollen. Das selbständige, die Streitereien der anderen meidende und schlichtende Kind verschwindet spurlos. Es stellt das ganze Spiel auf den Kopf. Die Schar muß mit vereinten Kräften nach ihm rufen. Es kauert in seinem Winkel, hört die appellierenden Rufe und kichert vor sich hin. Nicht einmal das Flehen der Betreuerin läßt es zum Vorschein kommen: Für besondere Fertigkeiten kann man nicht bestraft werden.

Versteck spielen ist Zauberei. Im Radau einer haltlosen Kinderschar bricht plötzlich Friede aus. Das geheime Schlupfloch auf dem Speicher oder unter der Treppe gehört zu einem wie der eigene Körper. Äußerer und innerer Zustand werden eins.

Um so entsetzlicher ist das Gefühl, wenn im gewählten Versteck schon jemand sitzt, wenn der andere zischt und einen davonwinkt. In seiner Not wendet man sich dann an die Welt, verlassen, rechtlos geworden. Wer dasselbe Versteck anstrebt, besitzt keinen Deut mehr Menschenwürde als einer, der sich verwählt hat, oder einer, der aus dem Zug aussteigt, wenn die anderen schon einsteigen wollen.

Gefunden zu werden ist nicht schlimm, auch nicht für den geschickt Versteckten. Stets ist eine Portion Freude der Zugehörigkeit darin enthalten. Hat man den letzten in seinem Versteck gefunden, ist die Welt wieder heil.

Einem Erwachsenen sieht man nicht auf den ersten Blick an, ob er die Kunst, sich zu verstecken, beherrscht. Ein

Arbeitskollege oder jemand, der einem auf der Straße begegnet, mag eine glänzende Begabung sein, aber niemand weiß es. Ein solcher Versteckkünstler, der sich zum Erwachsenen geweitet hat, wandert einfach durch den Alltag. Äußerst selten darf er sein Talent aufblitzen lassen, etwa wenn er auf eine Weise im Verhandlungsraum sitzt, daß er um jede Teamarbeit herumkommt, die der Unternehmensberater vorschlägt.

## Das Zuhause

Für das junge Paar in der gemieteten Zweizimmerwohnung steht der begehbare Kleiderschrank für das eigene Haus. Er gehört ihnen. Dort herrscht der Geruch der Kindheit im Elternhaus, die Frische der vorab geerbten Bettwäsche. Dort sind die alten Fotos, die Comic-Hefte und die Teddybären. Die übrige Wohnung dagegen ist ganz von dieser Welt, ein Durchgangsgebiet, wo Monteure hin und her laufen, der Fernseher brüllt und das böse Auge der Stadt ins Fenster starrt.

Zehn Jahre lang träumt das junge Paar vom eigenen Haus. Das Haus der Träume steht für inneren Frieden, schneereiche Weihnachten und für das Entdecken verborgener Fähigkeiten. Die Kaufentscheidung wird innerhalb einer Woche getroffen. Am Abend des Umzugstages bleibt der Mann noch eine Weile im Wohnzimmer und genießt: Unser Zuhause, unser Starennest – hier werden wir unsere alten Tage verbringen. Der Gedanke weckt Entsetzen. Der Mann blickt dreißig Jahre weit in beide Richtungen und sieht sich in der Mitte stehen, in einem Heimmausoleum, mit wächsernem Gesicht.

Das Haus wird abbezahlt, und damit steckt man fest. Der Mann versinkt in Renovierungsarbeiten. Abends sitzt er auf der Couch und wundert sich. Irgendwo anders gibt es den Mann, der er zu sein geglaubt hat. Im Traum läuft er als Spitze von Inter Mailand auf, kommt aber nicht in Fahrt. Als er den Ball im leeren Tor plazieren soll, fehlt seinem Fuß die Kraft. Oder er steht als Gitarrist der Rolling Stones in der Arena und kann nicht spielen.

Am Eßtisch blickt der Mann stumm nach draußen. Jeden Tag sieht er dieselbe Landschaft, und jeden Tag ist sie ihm fremd. Die Arbeit ermüdet. Im Fernsehen wird geschossen und Sport getrieben, und dann werden Nachrichten verlesen über jemand, der geschossen oder Sport getrieben hat. Es gibt kein Zuhause, es gibt keine Familie, es gibt nur einsame Menschen, die fernsehen und Mama schreien wie jener Junge im Film, der dem Zug nachrennt, in dem seine Mutter sitzt. Der Schrei wird jetzt nach innen ausgestoßen. Er wird bei Abfahrt der Züge im Speisewagen geschrien und im Halbdunkel der Überlandbusse. Er wird in den fremden Wohnblocks fremder Städte geschrien und in Einfamilienhäusern wie diesem hier, die ganz und gar nicht das sind, was sie sein sollten. Die Dunkelheit senkt sich herab, der Alltag wartet, und in jedem Haus trägt das Gesicht jedes Mannes die schmerzverzerrte Miene des Jungen, der dem Zug mit seiner Mutter nachläuft.

Im Sommerurlaub mäht der Mann den Rasen des Nachbarn. Die Frau des Nachbarn, vierzig und noch straff, hängt im Garten Wäsche auf. Der Mann zieht den Bauch ein, hebt den Mäher über den Heckenzaun und fängt an zu mähen. Seinen eigenen Rasen hat er schon gemäht, er hat die Arbeit betrachtet und sich daran gefreut: Jetzt hat er Zeit zu helfen. Die Frau des Nachbarn ruft ihm ihren Dank zu. Die eigene Ehefrau taucht auf der Veranda auf und brüllt von dort aus vollem Leib. Kurz darauf stürmt sie an die Grundstücksgrenze, schichtet Steine auf und pflanzt kleine Kiefern. Auch der Nachbar kommt heraus und rennt mit zu Berge stehenden Haaren durch seinen Garten: Was geht hier vor? Der Mann antwortet nicht, mit schimmernden Wangen läßt er es knattern. Die Arbeit wird fertig, der Rasenmäher verstummt, am eigenen Haus schlägt eine Tür zu, beim Nachbarn eine andere. Der Mann steht allein auf dem Rasen, auf dem Boden der Tatsachen.

An diesem Abend trinkt der Mann, er legt alte Platten auf und spricht am Telefon mit einem Freund: Ein tolles Puzzle, dieses Leben, jetzt sind alle sauer. Der Freund hört nicht zu, »warte mal kurz«, sagt er und zieht das Telefonkabel aus der Wand. Der Mann redet mit dem Hund, und da auch der Hund nicht zuhört, wirft er Dias aus seiner Kindheit an die Wand. Darauf ist sein Vater jünger, als er selbst jetzt ist. Als der Projektor ausgeht, bleibt der Mann im Halbdunkel sitzen.

In der folgenden Woche richtet er sich im Keller eine Werkstatt ein und tut dort Dinge, die er seinen Vater hat tun sehen. Jeden Tag lernt er, sich zufriedenzugeben, das Haus zu mögen. Er mag den Dachboden, wo sich der Vorbewohner aufgehängt hat, und er mag die Kellertreppe, wo jemand einen Herzinfarkt bekam. Er mag die im Schatten bleibenden Vertiefungen, die Vorratsräume und den begehbaren Kleiderschrank. Dort kann er sich in aller Ruhe selbst bedauern, sich überlegen, wer einmal seinen Sarg tragen wird. Dort darf seine Frau den Traum von der heilen Welt aufrechterhalten. Dort dürfen die Kinder Versteck spielen und hinter den Kleidern den Duft frischer Baumwolle einatmen.

# Ostbottnien

In den großen Sumpfgebieten und auf den endlosen Kiefernheiden des nördlichen Südwestfinnland fühlt man sich voller Zuversicht. Folgt man der kilometerlangen Geraden hinab nach Ostbottnien, verschwindet die Sicherheit. Die Abendsonne beleuchtet jeden Baum und jedes Gebäude in der Ebene. Hundert Meter lange Schatten liegen auf der Landschaft. Die Lücken zwischen Bäumen und Gebäuden sind Löcher in der Welt. Weit entfernt gehen Menschen, lautlos wie auf einem Bild. Der Mensch, der sich versteckt, sucht in seiner Not nach Vogelwarten, einem Flußbett und nach den überall verstreuten Scheunen. Er schlüpft in den ersten Notunterschlupf hinter einer Bushaltestelle und beißt sich dort in die Faust.

Die Dörfer Ostbottniens bieten keine Verstecke. Eine Siedlung mit Einfamilienhäusern, zum Beispiel in Nurmo, mag auf den ersten Blick schön verwinkelt wirken, doch wenn man sie als Schutzraum in Betracht zieht, muß man feststellen, daß man dort wie auf einer Bühne steht. Die Landschaft ist nackt. Das Klima der Ebene dringt in jeden Winkel.

Trost muß man in Ostbottnien beim Himmel suchen. Man muß im Gras liegen, in den blauen Himmel starren und flehen, er möge einen behüten. Blickt man lange genug zum Himmel, hört man das Rauschen der hohen Wolken und begreift, daß man vor niemandem und nichts zu fliehen braucht. Es gibt auf der ganzen Welt nichts anderes als den eigenen Körper und Gott selbst. Man kann die Augen schließen. Dann weiß man, daß man zu Rande kommen wird. Das Gefühl ist so rein und stark, daß es schon wieder Schwindel, Entsetzen auslöst.

Der Ostbottnier kennt dieses Schwindelgefühl und weiß darum. Daher rührt sein Eifer, aus dem brausenden Schwindel seines Bewußtseins um das Dasein. Und daher kommt seine morgendliche Stille, wenn er am Fenster steht und die Menschen auf der anderen Seite des Feldes sieht, wie sie ihrem Ruf ins Jenseits entgegengehen.

## Die Fischerhütte

Zurück in den Mutterschoß gelangen Männer, indem sie sich Gummioveralls anziehen und für ein Wochenende beim Fischen schwelgen. Das Meer schäumt auf, graue Wellen wälzen sich ans Ufer, und man ist versteckt: sicher vor zu Hause, vor der Arbeit und der Selbstkontrolle.

Bevor man zur Fischerhütte kommt, geht man in einen Laden, kauft fünf Kästen Bier und zwei Erdbeerjoghurts. Der Ladenbesitzer fragt, wer hier solche Mengen an Joghurt vertilgt, und die Freunde deuten auf den Jüngsten in der Gruppe.

In der ersten Nacht wird getrunken. Am nächsten Morgen kommt das Thema Frauen auf den Tisch. Eine Stunde lang wird beraten und dann das Resultat verkündet: Eine Beziehung ist, wenn die Frau auf dem Rücken liegt, die Stiefel zum Himmel streckt und der Mann sie bumst. Man fühlt sich imposant. Würde man sich jetzt ausziehen und in einen Koben legen, unterschiede einen nichts vom Schwein.

In der Fischerhütte ist der Mann im Gleichgewicht. Es schwindet die Erinnerung an Schmeicheleien, daß man umhergelaufen ist und GUT, GUT und NEIN DANKE und SEHR GERN gesagt und dabei innerlich doch gewußt hat, was ehrlich gewesen wäre und was in einem vorgeht. In der Fischerhütte verliert sich das Gefühl, nicht zu wissen, ob man für andere, für sich selbst oder für die Wolken am Himmel auftritt. In der Fischerhütte besteht die Kameradschaft darin, daß man nicht sofort ruft NEUE TURNSCHUHE, wenn der andere den Raum betritt. Dort bedeutet Kameradschaft, daß von Verlusten nicht Notiz genommen wird: Wenn im Winter einer stirbt, lädt man fürs Frühjahr einen

Ersatzmann ein. Bei der Fischerhütte ist der Mann weder schön noch gut. Er ist nicht mehr der Junge, der mit dem Heftpflaster am Knie und mit zerrissenen Hosen durch die Gegend gerannt ist, der Mutter Blumen gebracht und gesagt hat: Ich liebe das Leben.

Gegen Mittag späht man zur Tür der Fischerhütte hinaus, geht ans Ufer, um ein bißchen über die Felsen zu schlittern, und kehrt in die Hütte zurück. Man spricht über Frauen. Diejenigen, die Familie haben, leiden bereits an Gewissensqualen. Sie wollen unbedingt den Wert der Familie betonen und ihre Ehefrauen rühmen. Solche Reden versiegen schnell. Sogar der Sprecher zweifelt an seinen Worten – als würde man das Messer schleifen und sich kastrieren. Es herrscht ein Gefühl wie Samstag nachmittags auf dem heimischen Sofa, wenn man sich mit der Ehefrau schön über das Leben unterhält, während eine andere Stimme im Ohr schreit: Red nicht so eine Scheiße. Man fühlt sich wie im Ausland, wenn die Ehefrau fragt: Gefällt dir unser Urlaub – während am Tresen eine pornographische Mieze sitzt.

Ist die Frau ausgelutscht, braucht man neue Themen: Maschinengewehre, die Russen und den wilden Wald Kareliens. Jeder der Männer ist ein junger Stabsunteroffizier, der mit dem Sonnenschein auf der Stirn umherstreift, patriotische Lieder singt und andere tötet, die fieser sind als er. Die Kameradschaft der Fischerhütten macht Kriege möglich. Die Anführer der Fischerhütten sind die Anführer der Welt.

Am Abend des zweiten Tages hört der Schoß der Fischerhütte auf zu unterhalten. Man will ins Dorf. Dort setzt sich der Betrunkenste im Lokal neben eine Frau und küßt sie. Der Blick des sonnenverbrannten Fischers schlägt sofort an. Es genügt, wenn die Augen offen sind und die Lippen aufgeworfen. Auch die mit Familie fassen Mut im soldatischen Geist: einmal noch, Jungs. Die Nacht ist vielgestaltig wie der Norden Norwegens. Die Polizei kommt, mit den Männern aus dem Dorf steht ständig der Anhänger quer, und einer der Männer verschwindet. Man findet ihn im Veranstaltungsraum, wo der Rotary-Club Verdienstmedaillen verleiht. In seinem Gummioverall steht er in der hintersten Reihe und lächelt in die Kamera.

Am Sonntagmorgen denunziert hartes Licht die Männer im Versteck der Fischerhütte. Auf der Pritsche schnarcht eine fremde Frau. Das Wochenende ist zu Ende, die Hütte wieder Bestandteil dieser Welt. Jemand geht leise nach draußen. Ein anderer schleudert den Blinker in die Wellen wie ein Gebet und befürchtet, einen Fisch zu fangen. Innerlich sieht er schon den vorwurfsvollen Blick des Hechtes.

## Im Winter

Im Winter genügt ein anspruchsloses Versteck. Man hat bereits das Gefühl, genügend geschützt zu sein, wenn man in einem Überlandbus sitzt und dem Walgesang des großen Fahrzeugs lauscht. Wird es auf dem winterlichen Markt gegen Nachmittag still, befindet man sich unter einer Wolldecke. Im Café einer fremden Stadt fühlt man sich wie ganz und gar in einem anderen Land, in Kanada oder in Rußland. Das Herabsinken der Dunkelheit betrachtet man gelassen. Man kann in der Tasse rühren, den Löffel ablutschen und das Aroma des Kaffees schmecken.

Im Winter verringern sich die Kräfte der Bedrohungen. Selbst der rachedurstigste Verfolger dringt nicht ins Dickicht vor, wenn in der Kantine warmer Fruchtsaft auf ihn wartet. Die Wärmekamera entdeckt den ungeübten Verstecksucher aus mehreren Kilometern Entfernung, der Kluge aber isoliert sein Versteck und vertraut auf die Trägheit derer, die es auf ihn abgesehen haben: Sie kommen nicht, denn ihnen ist zu kalt. Schneegestöber trübt die Landschaft, Spuren verschwinden im Schnee, und die Sucher starren hilflos auf den blauen bewaldeten Hügel am Horizont.

Winterverstecke sind weich und still. Sogar die Gedanken gehen darin in Milde auf. Mit Wärme denkt man an die Menschen zurück. Der Schein des Kandelabers im Fenster eines fernen Landhauses verlockt. Wie glücklich wäre man in jenem Schummerlicht, welche Glückseligkeit, dort im großen Saal vor sich hin zu leben, auf die Stimmen aus der Stube zu horchen und dazustehen wie ein Mensch, der einen Raum betreten hat und nun überlegt, was er dort eigentlich holen wollte.

Betrachtet man eine ländliche Gegend im Winter genau, ist sie voll von solch ungenutztem Glück: leere Säle und Kammern, in deren Ecken ein Kachelofen matte Wärme ausstrahlt. Plüschsessel bieten ihren Schoß dar. Von den Pappverkleidungen der Wände blicken Ehrentafeln und Familienporträts herab, düstere Kindergesichter und düstere Erwachsene. Wenn man in einer solchen Winterkammer sitzen und sich umsehen darf, verschwinden alle Kümmernisse. Das Leben tut sich wieder vor einem auf: Was für Hindernisse soll es gegeben haben, welche Sorgen?

Mit zunehmendem Alter flaut die Wirkung des Winters ab. Man glaubt nicht mehr an seinen weichen Schutz. Frost erinnert nur an kalte Füße. Selbst die maßvollsten Vorhaben erscheinen größenwahnsinnig. Verstecke betrachtet man ungläubig. Fällt der erste Schnee, schwappt in der Seele eine ferne Erinnerung über, der Rest des Winters ist bloß eine lange Pflicht.

## Auf dem Flughafen

Auch der resolute Marketingmann oder PR-Chef sehnt sich im Gewimmel des Flughafens mitunter nach einem Versteck. Es ist fünf Uhr am Montagmorgen, Schlafmangel lastet auf den Schultern, und es wartet ein Flug nach Nordamerika. Die Hand betastet die Taschen: Sie tätschelt Paß, Ticket, Portemonnaie und Telefon und beginnt die Runde noch einmal von vorn. Der nächtliche Alptraum kreist im Innern. Er löst Beklemmung aus, weil der Boß im Traum niemanden zur Sau gemacht, sondern einmal danke gesagt hat. Dreißig Jahre Arbeit liegen noch vor ihm, und der Mann weiß nicht, wie er diesen Tag überstehen soll. Bis zum Abflug ist es noch eine halbe Stunde. Der Mann steht auf, um sich die Beine zu vertreten.

Es gibt Menschen, die sich nie verstecken. Sie treten mit der gleichen selbstverständlichen Sicherheit durch die Tür der Firmenzentrale wie ein Bürger der Stadt Tampere in der Markthalle an die Theke mit der Blutwurst. Sie ducken sich nicht und flüstern nicht. Sie fliehen vor nichts und weichen keinem aus, sondern stürzen mit blanker Brust den Bajonetten entgegen. Sie gehen durch die Welt wie über ihre Ländereien oder als trieben sie Rückstände ein. Lernt man solche Menschen kennen, spürt man, daß sie fähig wären, einen großen Teil der Probleme dieser Welt zu lösen, und wundert sich, daß sie es noch nicht getan haben.

Der Mann geht bis ans hinterste Ende des Flughafengebäudes. Er bemerkt eine Behindertentoilette und schlüpft hinein. Das Klo ist sauber. Das Waschbecken reflektiert den Glanz der Neonlampen. Die Papierhandtücher warten in ihrem Behälter. Es ist so still und friedlich an diesem Ort, daß es schon etwas Illegales hat, die Atmosphäre unerlaubter Abwesenheit. Der Mann wäscht sich das Gesicht, drückt sich ein Papierhandtuch auf die Haut und setzt sich. Er fühlt sich merkwürdig, merkwürdig gut. Dieses Gefühl hat er seit Jahren nicht gehabt. Er hat rotiert wie ein Kreissägeblatt, das sich aus der Halterung gelöst hat, und jetzt sitzt er auf einer Flughafentoilette. Er läßt die Maschinen kommen und gehen. Er denkt seine Gedanken zu Ende, auch den, daß er den Job hinschmeißt, die Garage ausräumt und darin mit seinen Kumpels Rockmusik spielt.

Wenn der Mann schließlich hinaustritt, kommt es ihm vor, als hätte er einen ganzen Tag auf der Toilette verbracht. Er kann zum Gate gehen und durch die Röhre ins Flugzeug. Vier Stunden später blickt er von seinem Fensterplatz aus auf die Schneeberge Grönlands, auf eine Papierlandschaft, die von Schatten in Falten gelegt wird. Er rückt den Kopf in den Sonnenfleck auf der Rückenlehne. Alles erscheint leicht und gut, auch der Job, der gar nicht so durch und durch fürchterlich sein kann, da er ihm diese Erfahrung beschert hat.

## Öffentliche Einrichtungen

Nichts versetzt einen so in Schrecken wie die erleuchtete Fensterreihe eines Krankenhauses. Betrachtet man sie von der Straße aus, kommen die Tränen und die Angst. Im hellen Licht der Neonlampen wartet all das, womit das Leben droht, auch jene Schmerzen, von denen das kleine Häschen noch überhaupt nichts weiß. Dort warten lakonische Ärzte und sanfte Schwestern sowie entsetzliche Anfälle, die auch der lakonischste Arzt und die sanfteste Schwester nicht verhindern können. Das Krankenhaus erinnert uns daran, daß das Leiden die Macht besitzt, uns aus den geheimsten Zufluchtsorten in den Schein der Lampen zu reißen. Am Licht des Krankenhauses findet man erst Gefallen, wenn man von überall sonst schon hervorgezerrt worden ist.

Öffentliche Einrichtungen locken jedoch auch: Sie bieten unvergleichliche Verstecke. Große Ämter, Bezirksverwaltungen und Rathäuser sind Nester der Wonne. In ihren Labyrinthen verschwindet der Genießer. Das Personal dieser Einrichtungen besitzt das Privileg tagtäglich: Wer dort arbeitet, kann jederzeit in einen unberührten Winkel des Archivflügels schlüpfen. Im uralten Papiergeruch betrachtet er die Mappen, die abgenutzten Möbel aus den siebziger Jahren und durch die Zwischenräume der Regale andere Archivregale. Er kennt die geheimen Ecken. Er kennt die Wege in die Kellerräume und zu den abgelegensten Toiletten. Kehrt er an seinen Schreibtisch zurück, ist er voller Schwung und heimlicher Gemütsruhe. Niemand ahnt, wo er gewesen ist.

In einem leeren Kontor nimmt auch der Außenstehende die matte Erinnerung an Arbeit wahr. An jedem Hefter, jedem Tischkalender, jeder Schreibunterlage haftet der Alltag unbekannter Menschen. Im Besprechungsraum hört man die aufgeregten Redebeiträge früherer Beratungen, das Klicken eines Kugelschreibers und das Brummen des Overhead-Projektors.

Nicht einmal ein sonntags leeres oder den Juli über geschlossenes Amt wirkt einsam. In der Luft liegt die faszinierende Ahnung von schwebenden Verfahren. Auf den Gängen spürt man die Art von versöhnlichen Äußerungen, aus denen sich unmerklich Kameradschaft zusammensetzt. Auf einem Tisch in der Cafeteria liegt ein Tablett mit Kuchenkrümeln, auf der Spüle steht eine benutzte Kaffeetasse. All diese stillen Zeichen erzählen von sanften Menschen mit sanften, selbstlosen Tätigkeiten. Betrachtet man die fröhlichen Postkarten am Schwarzen Brett, ist einem so menschenfreundlich und nostalgisch zumute wie beim Blättern in alten Registern.

Kraftwerke repräsentieren Haltung und offizielles Auftreten. Ihre Dynamik kann man im angrenzenden Wald genießen. Schaut man von dort auf die düstere Gestalt des Kraftwerks, hat man das Gefühl, etwas Großes und Geheimes zu sehen, einen sagenhaften Wasserfall, dessen Tosen man schon lange hinter dem Wald hervordringen gehört hat.

Wen Märchen faszinieren, der soll sich im Theater verstecken. In der Requisite liegt die vergangene Zeit in der Luft, mit vor langem in den Himmel aufgestiegenen Rollen und zwischenmenschlichen Beziehungen. Unter der Bestuhlung hört man die Stimmen der Aufführungen, die Gunstbezeigungen und die langen Phasen der Stille. Beim Zuhören beginnt man zu glauben, daß die Welt draußen auch nicht viel mehr ist als eine Bühne – daß auch sie nichts anderes ist als ein Spiel mit Requisiten. Auf die Bestätigung dieses Glaubens wartet der Mensch, der sich versteckt, immer. Wenn er zur Überzeugung anschwillt, kehrt der Mensch aus dem Versteck unter die Menschen zurück.

# Der Wald

Im Wald hält sich der Finne schon so lange versteckt, daß sich der Wald in ihm versteckt. Er folgt ihm ins Hamburgerrestaurant und auf die Hauptstraßen Helsinkis. Der Wind rauscht, es schimmert Nadelgrün, und die Baumstämme, die sich zum Himmel recken, schwanken. Nur die Verrücktheit schält dem Finnen das Waldversteck ab, oder der Rausch.

Wer mit Verstecken Erfahrung hat, mißtraut dem Wald. Die Offensichtlichkeit des Verstecks beunruhigt. Der Wald läßt an Spürhunde, Wärmekameras und leicht zu entdekkende Unterstände denken. Viel verlockender ist es, sich mit kühnen und überraschenden Plänen zu befassen, im Keller der Pizzeria Rosso in einer kleinen Stadt wie Forssa zu verschwinden oder unter dem Dach einer Herberge in der Bretagne.

Sich selbst kann man jedoch nicht widerstehen. Die Uneigennützigkeit des Waldes ermuntert dazu, sich hineinzustürzen, sich auf den Instinkt zu verlassen und die Risiken zu vergessen. Der Erfahrung, sich zu verlieben, kommt der Mensch, der sich versteckt, im Wald am nächsten.

Die Fichte ist sein Baum. Ein Hund kann ein Freund sein, aber die Fichte ist die Mutter. Sie trägt die Verantwortung. Sie lockt mit liebevoll ausgebreiteten Armen. Durch ihre Gesten bezeugt sie ihre Liebe und durch ihre dunkelgrünen Farbtöne ihr Verständnis. Im Fichtengehölz sind alle Zeitalter gleichzeitig präsent. Schaut man auf die Wipfel der Bäume und auf die weißen Wolken, spürt man die Wärme des Moosteppichs unter dem Rücken, weiß man, daß die Welt dem Jungen aus dem Wald nichts anhaben kann. Das Versteck mag entdeckt werden, und man kann daraus hervorgezerrt werden, aber einmal wenigstens hat man dort das Glück erfahren.

Die Gastfreundschaft der Fichte ersetzt die Kiefer am Felshang durch ihre Standhaftigkeit. Wer vertrauensvoll ist, ringelt sich neben der Kiefer ein und erstarkt durch ihre Zähigkeit. Die graue Kiefer auf einer Schäre verheißt zeitlosen Frieden. Es genügt, ihren gewundenen Stamm zu streicheln und sich dem Labyrinth ihres starken Wurzelstocks anzugleichen.

Der Wacholder wirkt verlockend dicht, aber auf diese Weise lockt er auch die Sucher an: Seine konspirative Haltung ruft diejenigen auf den Plan, die arglistige Täuschung wittern. Am liebsten würde sich der Wacholder selbst verstecken. In der Landschaft repräsentiert er den Schrecken. Wer sich im Wacholder verbirgt, wird gesehen, selbst wenn er unsichtbar wäre.

Auch die schlanke Espe bereitet dem Menschen, der sich versteckt, keine Freude. Im dichten, astlosen Espengehölz kann man wunderbare Hütten bauen, und man kann einen Flickenteppich und alte Comic-Hefte und rotweiße Anisbonbons mit in diese Hütte nehmen, und wenn man in der Hütte sitzt und liest und Anis lutscht, ist man zum Ersticken melancholisch, doch versteckt ist man dort nicht.

Der trügerischste Laubbaum aber ist die Eiche. Sie ist in einer besseren Familie aufgewachsen. Sie ist nicht unbarmherzig, sie kommt nur anderswoher, von so weit, daß man ihr nicht einmal durch Umarmung nahekommt. Wer sich ins Gras duckt, befindet sich sofort im Schoß des Grases, die Eiche aber muß man aus der Ferne betrachten, hilflos und einsam. Zwar weckt die Massivität der Eiche ekstatische Wünsche – der dicke Moospelz des Stammes lädt ein, mit den uralten Formen zu verschmelzen und Pippi-Langstrumpf-Höhlen auszukerben – aber all das erweist sich als Illusion, wenn die Sucher kommen. Die Steifheit der Eiche verrät den Menschen gleich.

Die schönsten Bäume wiegen einen in den Zustand grundlosen Glücks. Urzeitliche Linden irgendwo im Südwesten Finnlands, in Parainen, Ruissalo oder auf der Insel Velkua bringen einen dazu, mit blödem Lächeln auf dem Gesicht durch die Gegend zu laufen und vom Leben Buschwindröschen zu erwarten, den Gesang der Amsel und schräges, durch Blattwerk gefiltertes Licht von hier bis in die Ewigkeit. Als würde nie mehr Winter werden. Als käme nie mehr der nächtliche Märzsturm, der die vertrockneten Blätter von der Eiche reißt. Gerade noch ist der Mensch, der sich versteckt, gelassen durch die Welt gewandert wie zwischen den Regalen einer Bibliothek; jetzt hopst er wie eine Nymphe durch das Wäldchen. Die Gedanken verfliegen. An ihrer Stelle dringen traumhafte Bilder ein, gestaltlos wie die träge hingehaltene Softeistüte aus der Hand eines trägen Sommereismädchens. Das Leben rinnt einem durch die Finger. Wenn man selbst nicht ans Verstecken glaubt, glaubt niemand daran.

Die Birke ist offen. Sie verspricht nichts. Ein Birkenwald im Frühling ist ein wunderbarer Ort, um sich umzusehen und umherzugehen, sich neue Verstecke auszudenken und sich einzustellen auf das, was kommt.

## Der Bluthund

Mit dem Bluthund spielt man nicht. In seiner schlappen Lederjacke schnuppert er unentwegt am Boden und begreift nichts von seiner Umgebung. Er ist ausdruckslos oder ausgefüllt von einem einzigen Ausdruck. Sein Spürsinn ist übernatürlich.

Der Mensch ist in die Welt geworfen. Sein Leben hier gleicht dem des Balles auf dem Spieltisch. Er kennt nichts anderes als dieses Hin- und Herrollen, und seine einzige Angst besteht darin, daß es aufhören könnte. Jeder Moment ist das Pochen des eigenen Daseins, jede Erfahrung Baumaterial für das eigene Haus. Der Mensch kann sich vor anderen Menschen und vor der Schande verstecken, er kann sich vor dem morgigen Tag verstecken und mit ausgestreckter Hand und Krawatte am Hals vor der anrückenden Erschöpfung. Doch vor seinem eigenen, ewigen Ich kann er sich nicht verstecken. Es erreicht ihn überall. Das geht über seinen Verstand, so wie das Leben nach dem Tod oder das Universum hinter dem Universum.

Der Bluthund nimmt überall Witterung auf, sei es von einem Schlüsselbund oder von einer Geldbörse. Er folgt dem Gesuchten in jedes Gelände. Er erkennt den Geruch auf der Erde, in der Luft und an den Zweigen der Bäume. Noch nach zwei Wochen findet er Spuren, wenn schon dichter Schnee darüber liegt. Er folgt dem, der im Zickzack läuft. Er folgt dem, der die Schuhe wechselt. Er folgt dem, der in Parfüm gebadet hat. Er folgt dem, der auf Bäume klettert. Er folgt ihm über Gewässer und über zugige Felder hinweg. Er folgt ihm durch das Menschengewimmel der Stadt. Er identifiziert den Eigengeruch des Gesuchten in der Luft und schiebt seine Schnauze hinein wie in einen Tunnel, der zum Ziel führt.

Findet der Bluthund, was er gesucht hat, klagt seine Miene nicht an. Er blickt auf den Menschen, der sich versteckt, wie ein Mathematiker auf die Lösung einer Gleichung. Der Mensch im Versteck ist bewegt. Er will an diesen Blick appellieren. Er sieht Gnade darin. Er glaubt wieder an Brüderlichkeit. Wenn die Sucher, die dem Bluthund folgen, kommen, verflüchtigen sich die Illusionen. Den Suchern muß man sich bedingungslos ergeben. Man muß akzeptieren, was nun mit einem geschieht, muß es wie von außen verfolgen und Augenblick für Augenblick ertragen.

## Der Friedhof

An Heiligabend und an Allerheiligen geht es auf dem Friedhof steif zu. Das untertänige Volk wandelt durch die Dämmerung und zwingt sich zur Ehrung der Toten. Allen geht die Lebenskraft verloren. Verbindung zu den Verstorbenen ist nicht zu spüren, Kälte und Schnee isolieren die Seelen. Auf dem sommerlichen Markt vergißt sogar der Scheue seine Trauer, traut sich in ein Kaffeezelt und scherzt mit dem Gemüsehändler, doch am Weihnachtsabend auf dem Gottesacker huldigt man dem Bodenfrost. Das versetzt den Menschen, der sich versteckt, in Entsetzen. Das hat er nicht gewollt. Nicht nach dem Tod sehnt er sich, sondern nach dem ewigen Leben, nach einem unendlichen Nachmittag.

Ein Abstecher auf den Friedhof lohnt sich am hellichten Tag, wenn aus der Ferne die Geräusche von der Schlittschuhbahn herüberdringen, oder am Ende des Sommers, wenn die Mähdrescher das Korn einfahren. Dann hat man auf dem Friedhof seine Ruhe. Liebkost man die Außenwand der Sakristei, hat man bereits das Erlebnis eines Familienforschers, man spürt die stille Gegenwart der Gemeinschaft. Ein besseres Versteck ist jetzt nicht nötig. Es zieht einen nicht unter die Eibe oder unter die Grabbedeckungen beim Dienstgebäude, wo es nach dem düsteren Staub der Erde riecht. Die Kirche kann man getrost dem Küster überlassen. Er hat das Recht, in ihre Gewölbe hineinzurufen, den stillen Glockenturm hinaufzusteigen und in einer Nische der Orgelempore zu sitzen, mitten am Tag, während die Geschäfte geöffnet sind und Leute in den Banken Schlange stehen.

Auf den Parkwegen des Friedhofs genießt der Mensch,

der sich versteckt, die Obhut der Geschichte. Man fühlt sich selbstverständlich und gleichwertig. Der unschöne Wettbewerbsgeist verschwindet völlig. Bei seinen Mitmenschen weiß man nie, sie können zugreifen oder auch nicht, aber die golden leuchtenden Namen auf den Grabsteinen sind sanftmütig und unparteiisch. Geburts- und Todesdaten stehen gelassen vor dem Mysterium des Lebens.

Bei den Heldengräbern flaut das Gefühl der Sicherheit ab. Angesichts der langen Gräberreihe spürt man nur noch das Erbe, die Zucht und die schweren Vorwürfe der Väter. Es kommt der Wunsch auf, gehorsam zu sein oder auf ein Podest zu springen und Reden zu halten wie ein Major vor Soldaten, die in den Winterkrieg aufbrechen. Die eigene Männlichkeit stranguliert einen. Das Befinden ist weit entfernt vom Frieden des sommerlichen Kirchhofs, als man mit einer Gießkanne aus Blech der Großmutter folgen durfte.

Die Welt ist das Durchgangsgebiet des Todes, jeden Augenblick kann man auf eine schlechte Nachricht treffen, doch über dem Friedhof flimmert das Leben. Es ist, als läse man einen alten Roman über alte Zeiten und Menschen, denen nichts mehr etwas anhaben kann. Unmöglich ist es, auf dem Friedhof an den eigenen Tod zu denken, an Grab und Fichtenzweige, an Schnittblumen und Kranzaufschriften.

Noch am Friedhofstor blickt man als Außenstehender auf den Alltag und seine Herausforderungen, wie von der Pritsche einer Sauna blickt man darauf. Tritt man hinaus, denkt man sogleich an die alten Pflichten, an Aufgaben, an die man sich gebunden hat und wo man scheitern kann, an seine Feinde und an seine Schulden. Vor einem Auto, das vorüberrauscht, zuckt man zusammen.

Wenn man die Autos überlebt, bleiben 30 Sekunden

sichere Lebenszeit, soviel wie im schlimmsten Fall nötig ist, um einen Menschen zu töten.

## Im Krieg

Manch einer überlegt sich, wo er sich verstecken soll, wenn Krieg ausbricht. Der Überstürzte macht sich in den nächsten Wald davon. Wer beizeiten nachgedacht hat, durchquert bereits den Bottnischen Meerbusen, den Körper mit Walfett eingeschmiert.

An Deserteuren nagt das Schuldgefühl. Sie wollen entdeckt werden. Bei uns ist man an Schwindler nicht gewöhnt, die ihr eigenes Leben achten. Dafür gab es in unseren Kriegen zu klare Fronten: Jeder wird gebraucht, das Leben ist vom Vaterland geliehen, und der Feind rückt in der vollen Breite des Geländes an. Zur gleichen Zeit läuft der Europäer im Zickzack durch Gassen und über Hügel, wo man nur die nächste Gasse oder den nächsten Hügel sieht, so daß er nicht lernt, der Übermacht zu trotzen, sondern ihr auszuweichen, mit ihr zu spielen, damit das Spiel nicht zu Ende geht, sondern durcheinandergerät.

Im Krieg darf man sich nicht auf Scheunen und Waldarbeiterquartiere verlassen. Dort wurden die Deserteure des Fortsetzungskriegs sofort aufgestöbert. Auch die Bewohner abgelegenerer Wildhütten wurden entdeckt, als sie in Dörfern etwas besorgen wollten.

Wenn die Mobilmachung droht, stürmt der Mutige den Fundus eines Theaters und stiehlt die Uniform eines Majors. Im Chaos des Kriegszustands dringt er ins Proviantlager der Armee ein. Indem er dort frech genug mault und brüllt, kann er den ganzen Krieg hindurch verschont bleiben, ohne daß jemand etwas merkt.

Ein Krankenhaus eignet sich als Versteck für Paare. Der Mann sollte Verbände anlegen und seine Frau den Patienten eilig über die Gänge karren. In den Pausen sitzt man auf dem Dachboden des Krankenhauses und unterhält sich schön. Ein Versteck im Irrenhaus verlangt bereits Talente. Wer einen Geisteskranken spielt, muß gekonnt untertreiben, auch viel Vernünftiges von sich geben und begierig an die Front drängen.

Der Wohlhabende setzt bei Ausbruch eines Krieges sein eigenes Zeugenschutzprogramm in Gang. Mit Hilfe der plastischen Chirurgie besorgt er sich ein neues Gesicht und bei einem Kriminellen einen Paß und lungert fortan als belgischer Journalist in Hotelhallen herum. Vor einem Atomschlag kann auch Geld nicht retten. Man muß schon eine Menge Knäckebrot im Rucksack haben, wenn man beabsichtigt, im Privatbunker zu liegen und die Halbwertszeiten abzuwarten. Da steigt man besser ans Tageslicht und sieht zu, wie sich der Horizont rot färbt.

## Hinter dem Unterstand

Auf einer Wanderung kann man Menschen begegnen, die so sympathisch und unkompliziert sind, daß man sie auf keinen Fall wiedersehen möchte. Man hat sich einander vorgestellt, sich angenehm unterhalten und freudig verabschiedet – die Begegnung ist so nett und makellos gewesen, daß man die Erinnerung daran nicht auf die Probe stellen will. Man muß die Flucht ergreifen.

Während man weitereilt, befällt einen Beklemmung: Der Wanderweg ist noch zwanzig Kilometer lang, schaffe ich es an einem Stück bis zum Auto, oder mache ich am nächsten Unterstand Rast und riskiere ein Wiedersehen? Bleibt man stehen, dringt sogleich das Klimpern von den Gestellrucksäcken der Verfolger durch den Wald. Dort kommen sie, gleich muß wieder gelächelt werden!

Sieben Kilometer huschen im Laufschritt vorbei. Das Keuchen kratzt im Hals. Am Unterstand muß man seinen Plan ändern, man muß Feuer machen, den Rucksack sichtbar hinstellen und sich im Wald verstecken. Diese Zeichen werden sie verstehen und ihren Weg fortsetzen. Schließlich sind sie auch nicht hierhergekommen, um sich zu unterhalten. In den Wald geht man, um an der frischen Luft zu sein.

Im Fichtengehölz hinter dem Unterstand ist es still. Schon nach dreißig Metern hat man das Gefühl, anderswo zu sein, außerhalb der Zivilisation, in unberührter Wildnis. Man kann auf einem Erdhügel sitzen, Preiselbeerzweige und einzelne Moostriebe betrachten. Zwischen Fichtennadeln läuft eine riesige Ameise.

Durch die Zweige blickt man auf den Wanderweg. Die Ankömmlinge lassen auf sich warten. Die Dämmerung bricht an. Man argwöhnt, eingenickt zu sein, vielleicht sind die anderen schon vorbeigegangen. Der Schweiß trocknet auf der Haut. Man fröstelt und möchte den ganzen Fall am liebsten vergessen. Man muß aufstehen, mit den Armen wedeln und zum Unterstand zurückkehren. Dort sitzt das Pärchen auf einem Fell und grüßt heiter.

Jetzt darf man nicht erschrecken. Munter muß man den Gruß erwidern und sich dann stumm ans Feuer setzen und hoffen, daß die anderen die Stille akzeptieren, daß sie es von der positiven Seite sehen: Die Flitterwochen sind vorbei, jetzt hält die Freundschaft auch das Schweigen aus.

Erst wenn klar ist, daß das Pärchen seinen Weg fortsetzt, kann man sich entspannen, ein paar freundliche Worte sagen und zum Abschied winken.

Falls man das Pärchen am nächsten Tag auf dem Parkplatz des Naturfreundehauses trifft, ist man den beiden nichts mehr schuldig. Als Zeichen der Beachtung genügt ein leichtes Nicken. Der Parkplatz gehört zu dieser Welt. Auf einem Parkplatz darf man sich zurückziehen, sich unbeholfen aufführen, die Tür seines Wagens zuschlagen und griesgrämig sein.

## Die Umarmung der Mutter

Der Vater trägt das Kind auf den Schultern, und der kleine Kopf prallt gegen den Türsturz. Die Mutter wiegt das Kind in ihren Armen. Auch ein verkommener Leib, der siebzig Jahre lang in Sünde geschwelgt hat und im Kneipendunst geräuchert worden ist, erinnert sich an einen Abglanz der mütterlichen Umarmung. Gegenüber dieser Umarmung kommt einem das vergangene Leben wie ein langes Sehnen vor.

Die Hände des Vater lenken und reparieren. Mit ihnen wird festgehalten oder geschubst: hinaus, in die Sauna oder auf eine furchterregende Wasserrutsche. NUN MACH SCHON, RUTSCH EINFACH, SOGAR DIE KLEINEN MÄDCHEN RUTSCHEN, GUCK DICH DOCH MAL UM, DIE ANDEREN WOLLEN AUCH MAL, MACH PLATZ, RUTSCH ENDLICH, VERDAMMT NOCH MAL, IMMER DASSELBE MIT DIR, JETZT MACH SCHON.

Wenn der Vater einen umarmt, heißt das, es wird gerungen oder große Dinge werden entschieden. Der Vater kann auch schlagen: Wenn der Abiturient am Eßtisch mitteilt, er werde Volkskunde studieren, schlägt der Vater mit der flachen Hand zu – auch dann, wenn der Sohn noch Essen im Mund hat. Die ganze Familie kann die Szene à la Sam Peckinpah verfolgen, wenn das Essen aus dem Mund fliegt und die Schweißtropfen vom Gesicht aufsprühen.

Wer von der Schaukel gefallen oder mit dem Fahrrad gestürzt ist, den tröstet der Vater, indem er den Schmerz bestreitet. Der Schmerz ärgert ihn. Er will ihn vergessen. Erst am nächsten Morgen nimmt er das Kind in die Arme, wenn es nicht mehr auf die Beine kommt: Er trägt es zum Auto und vom Auto in die Notaufnahme der Poliklinik.

Den Schlaflosen liebkost der Vater, indem er ihm die schwere Hand auf die Brust legt. Der Junge begreift die Wärme dieser Tat dreißig Jahre später, wenn er sich an der gleichen, steifen Geste versucht. Er begreift, aus welch geringen Ressourcen der Vater schöpfte. Den Vater hat schließlich auch niemand im Arm gewiegt. Ein Oberfeldwebel liebkost nicht. Niemand schaukelt einen Kapitänsleutnant mit Schuhgröße 48 auf dem Schoß.

Eine erwachsene Frau kann man sich schnappen und in die Arme nehmen, aber ein ausgewachsener Mann muß den Trost der Umarmung aus seinen Erinnerungen holen. Dort ist er gespeichert. Auch der Oberfeldwebel erinnert sich daran, wenn er sich in die warme Wolldecke wickelt, nachdem er den ganzen Tag andere angeschnauzt hat. Ein Lächeln breitet sich über sein Gesicht. Die Dunkelheit macht ihm keine Angst, der Krieg macht ihm keine Angst, auch nicht, daß ein geisteskranker Rekrut das Messer durch den Zeltstoff stößt. Der ausgewachsene Mann ruht wieder in den Armen seiner Mutter und schlummert ein.

# Die Rundballen

Es ist den Versuch wert, sich im Fernsehen zu verstecken, bei einer sommerlichen Quizsendung. Ort des Geschehens ist ein Stoppelacker, den die Abendsonne sanft bescheint. Mitten auf dem Feld erstrahlt eine Reihe von fünfzig Rundballen.

Die Kamera senkt sich von oben herab, und der Moderator springt hervor. Er breitet die Arme aus und ruft die Kandidaten des Abends herbei: eine Mutter mit ihren Kindern. Ihre Aufgabe besteht darin, zu erraten, in welchem Ballen der Vater versteckt ist. Es gibt nur eine Chance, mit bloßem Instinkt und mit Liebe soll die Familie den richtigen treffen. Wird der Ballen nicht gefunden, kommt der Vater nie mehr nach Hause.

»Befreit den Vater!« ruft der Moderator mit schicksalsschwerer Stimme, und die Uhr beginnt zu ticken.

Im Gegenschnitt werden abwechselnd die ernsten Gesichter der Kinder und die stumme Reihe der Rundballen gezeigt. Eine Miß vom vorletzten Jahr tritt mit verschmitzter Miene hinter den Ballen hervor.

Der Vater trägt eine Stirnkamera. Ihre Nahaufnahmen zeigen Heu, Halmlabyrinthe und darin gesiebtes Licht. Das Knopfmikrofon am Hals überträgt ein erregtes, hoffnungsvolles Keuchen.

## Im Sommer

Im Grün des Frühsommers geht es sich leicht wie in einer Küche oder auf einer großen Wolldecke. Man kommt sich vor wie eine schwebende, durchsichtige Substanz. Man braucht keine Verstecke, staubige Dachböden kann man vergessen. Sie sind Erinnerungen an Lebenslagen, die Jahre zurückliegen, deren Ursachen und Folgen man nicht mehr weiß – von denen nur noch Fotos und alte Kleider ganz hinten im Schrank übrig sind.

Spätestens an Mittsommer braucht man die Verstecke wieder. Man merkt es nicht sofort. Noch sind die Momente des Beiseitetretens bescheiden: ein Zögern im Holzschuppen während des Sommerhausaufenthalts oder ein zerstreuter Spaziergang hinter der Tankstelle während der Rast bei einem Autoausflug. Es genügt, sich zu beruhigen, die Tränen zu schlucken und ein Gesicht aufzusetzen, mit dem man in seine Rolle zurückkehren kann, in diejenige, die einem im diesjährigen Sommertheaterstück zugefallen ist. Nicht immer fällt einem die zu, die man sich gewünscht hätte, nicht immer darf man küssen wie in einem Film aus den 50ern; mitunter gerät man in die aufreibende Rolle des Verbrechers oder Familienvaters.

Versteckabsichten im eigentlichen Sinn regen sich im August. Wenn man an den Laubbäumen zum ersten Mal einen überreifen Farbton entdeckt und wenn zwischen Abend und Morgen die Dunkelheit aufsteigt wie Trauer, die hinter der Erdkugel gelauert hat, fängt der Mensch, der sich versteckt, an, Blicke nach rechts und links zu werfen. Die ersten Ideen sind noch zart, eher romantisch als entschlossen: Träume vom frisch duftenden Kern eines Schnittholzstapels oder vom schwankenden Schutz eines Getreidefeldes. Auch an solchen Gedanken erkennt man, wohin man unterwegs ist, welche harten Realverstecke, welche waldhonigfarbenen Erdverstecke noch auf einen warten.

Der ausgehende Sommer ist die Zeit des Glücks für den Menschen, der sich versteckt. Rundum tut sich noch ermutigende Üppigkeit auf, doch vor einem liegen bereits die Irrgänge der Volkshochschule mit ihrem beginnenden Semester, die Gerüche herbstlicher Innenverstecke und die vielen Möglichkeiten, die draußen in der klaren Luft auf einen warten. Es ist, als wären die Schränke voller Nahrungsmittel. Die Freude schwappt über, wenn man nur an die Tarnung denkt, welche die Farben des Herbstes bald bereithalten für den Wanderer, der erdfarbene Kleidung trägt.

## Die Bibliothek

Eine gemütliche Dorfbibliothek kann ein Paradies sein, aber in einer wissenschaftlichen Bibliothek gibt es Verstecke. Dort erwarten den Besucher menschenleere Regalkilometer, die Stille einsamer Grünpflanzen und die gleiche Traurigkeit wie an einer Weitsprunggrube im Oktober.

Zuerst muß man wie suchend umhergehen, dann überraschend nach einem Buch greifen und es aufschlagen. Die Vorsatzblätter wirbeln Staub auf. Das Papier ist zart gelb, der Buchstabentyp sachlich, das Thema des Buches die Rezeption der katalanischen Frauenliteratur in Schweden. Man muß das Buch zärtlich streicheln.

Setzt man seinen Gang fort, weiß man, die Welt wird weiterbestehen. Die Menschheit ist übervoll von Liebe und Vertrauen. Der Mensch will nichts Böses, er will Zeit und eine sichere Klause, in der er Dinge studieren darf. Wenn man daran denkt, möchte man sich in den Spalt zwischen Wand und Regal zwängen. Früher oder später schwebt dort milder Kaffeeduft heran, der von der verdienten Pause emsiger Bibliothekare kündet.

# Offene Stellen

Der Ängstliche versteckt sich unter einer Decke, ebenso der, der seine Wunden leckt. Der Entsetzte will gesehen werden. Er steht an einer offenen Stelle wie ein Monument.

Der Junge kommt spät heim, das Haus ist leer, und die Dunkelheit braust. Der Junge geht durch die Zimmer und macht Licht. Wenn auch das nicht hilft, greift er zum Telefon und flüstert der Großmutter ein fertiges Kriminalhörspiel ins Ohr. Der Schlüssel klappert an der Haustür. Schritte nähern sich. Der Junge erstarrt. Hilflos steht er mitten im Raum und läßt den Mörder kommen. Noch als er die Mutter erblickt, zittert er – ist die Mutter die Mörderin? –, bis er sich innerhalb einer Sekunde entspannt, einen säuerlichen Abschiedsgruß murmelt und das Telefongespräch beendet.

Der Entsetzte hofft bis zum Schluß, das Grauen möge Illusion sein. Er will das Schicksal nicht verärgern. Jede Art von Vorbereitung und Vorkehrung reizen es. Sich verstecken hieße, das Böse anzulocken. Bereits das Tasten nach dem Brotmesser würde Entsetzliches heraufbeschwören.

Die wenigsten bekommen einen Ton heraus, wenn es ernst wird, wenn der Fuß des Freundes in der Tür eingeklemmt ist und der Bus abfährt. Einem, der nachts um Geld bittet, antwortet man wie seinem Vorgesetzten, die Muskeln völlig unvorbereitet auf den Schlag. Das Wüten eines Feuers starrt der Schüchterne eine halbe Minute lang an, bevor er fähig ist, sich zu rühren. Mancher mag die Verantwortung für die Flammen ganz und gar ablehnen und sich hinsetzen. Grauen sind für den gewöhnlichen Menschen ein reines Märchen oder gehören zu den tödlichen Unfällen oder zu den Fällen von Krebs oder verschwundenen Kindern, die er sich unentwegt im Kopf herumgehen läßt und auf diese Weise mit großer Mühe abwehrt.

Das Grauen, das einen trifft, hat man sich im voraus nie vorgestellt. Auch ein gewöhnlicher Mensch kann bei der Fahrt durch ein Waldstück steckenbleiben, aber nicht weil ein Mann mit schwarzer Kapuze im Lichtkegel auftaucht, sondern weil ein Wassertropfen in den Verteiler gelangt. Und auch den gewöhnlichen Menschen kann in einer solchen Nacht das Entsetzen ereilen, aber nicht weil hinter einer Fichte ein Verrückter mit einem Lappendolch zwischen den Zähnen hervorlugt, sondern weil am Ende der Straße ein einsames Haus zu sehen ist und in dessen Wohnzimmer – im Schein der hellen Sommernacht – ein komplett geschmückter Weihnachtsbaum. Dieser Anblick bringt das Blut in den Adern zum Gefrieren. Der Hilfesuchende erstarrt auf der Stelle. Er bleibt eine Weile stehen, dann dreht er sich um und geht davon. Er geht an seinem Auto vorbei bis er aus dem Wald herauskommt und ein Feld erreicht. Sein Keuchen legt sich erst, als er im Nebel der frühen Morgenstunden etwas Alltägliches sieht, Weiden, eine leere Tränke für die Kühe.

Seltsam, daß der Entsetzte nie in den Wald rennt. Dort wäre er doch in Deckung. Er wäre in Sicherheit, dort, wo ihn der düstere Forst umarmt und das schwarze Wasser eines Weihers ihn vom Grunde einer wilden Schlucht anstarrt.

## Somero

*Verbindet man die Städte Helsinki, Tampere und Turku mit Linien, ergibt sich das am dichtesten besiedelte Dreieck Finnlands. In der Mitte dieses Dreiecks liegt die Kleinstadt Somero. Es gibt keine Linie, die Somero mit irgend etwas verbindet, und es wird nie eine geben. In den 60er Jahren wurde den Einwohnern Someros eine Fernstraße angeboten, aber sie lehnten sie ab. Auch eine große Fabrik für Erfrischungsgetränke schlug man der Kommune vor, doch die Someronesen wollten sie nicht, denn das hätte einen Mangel an Saisonarbeitskräften für die Landwirtschaft verursacht. Erwähnt sei außerdem, daß sich im absoluten Kern des Zentrums von Somero ein Urwald von fünf Ar befindet. Er wirkt unberührt.*

*Jedes Land hat sein eigenes Somero, und diese Someros haben nichts miteinander zu tun.*

Manchmal kommt es vor, daß eine Gruppe Männer den Entschluß faßt, einen Kumpel zu verstecken.

Einer kommt auf die Idee, findet, der Kumpel sei mittlerweile in so viele Schwierigkeiten verstrickt, daß es das beste wäre, ihn verschwinden zu lassen.

Ein anderer sitzt am Rand des offenen Kamins, schubst brennende Scheite an und widerspricht. Er findet, auch schwierigen Lebenssituationen müsse man entgegentreten. Und wo sollte man den Kumpel denn verstecken? Er findet den Vorschlug seltsam, lebensfeindlich.

Ein dritter liegt auf dem Hochbett und merkt an, daß die Wahl des Versteckes kein Problem darstellt. Auf alle Nachfragen antwortet er: kein Problem. Das läßt argwöhnen, daß man sich bei ihm nur nach unproblematischen Dingen erkundigen sollte. In der Gemeinde Somero gibt es Verstecke, sagt er.

In Somero, spottet der zweite.

Genau, versichert der dritte. Somero liegt auf der Strecke, aber an einer Straße, die stets vorüberführt, erklärt er. In Somero tritt der Stiefel in unberührte Erde. Bei Somero gibt es Gebiete, deren Ausdruckslosigkeit keine normale Landkarte ausdrücken kann, Gegenden, in denen die vergangenen Jahrzehnte noch nicht angekommen sind. In Somero gleitet der Kahn in eine Bucht voller Röhricht, und die Bucht erweist sich als Sund: Dahinter öffnet sich ein zweiter, geheimer See, umgeben von kleinen, steilen Hügeln und düsteren Fichten. Im Schoß der Wildmark tut sich ein steiniges Feld auf, mitten im Sumpf ein schwarzer Teich. Die Straße durch den Wald säumen die Schatten verlassener Häuser. Die Straße führt zu einer eingestürzten Brücke, von der Brücke zu einem eingestürzten Haus. Dort hört die Straße auf. Wenn die Welt einmal abbrennt, die Wellen der Verwüstung über den Völkern zusammenschlagen, wenn nur Ruinen zurückbleiben und dann der erste Morgen der Stille anbricht, geht in der Wildnis Someros die Tür einer Hütte auf, und die Hausfrau schüttelt den Fußabstreifer aus.

Also nach Somero, freut sich der erste. Die Sache ist entschieden, und auf die Entscheidung wird getrunken. Man geht in die Sauna, schleudert die Schwimmer in die Uferbäume hinter sich und spielt ein nächtliches Krocketturnier. Der Kumpel zieht sich unmerklich aus dem Spiel zurück. Er geht ans Ufer. Dort denkt er an Somero, an die Gegend, wo die Sorgen sich verflüchtigen, wo er einen neuen Anfang machen kann. Er denkt so lange an Somero, bis er daran glaubt und sondieren kann, wie sich so ein Glaube anfühlt.

Am nächsten Morgen wird die Hütte aufgeräumt, der Kram gepackt und in die Stadt zurückgekehrt zur Arbeit.

## Das Museum

Die wenigsten erinnern sich an Museen im November, wenn es regnet und im Alltag viele Aufgaben warten. Dennoch stehen sie da, in Nebenstraßen, stolz und offen.

Am eindrucksvollsten an Museen ist die wortlose Zärtlichkeit des Personals. Mit nassem Mantel und triefendem Haar ist man in einen stillen Saal hinaufgegangen, ins Interieur der romantischen Epoche geschlüpft oder ins Dunkel einer Wohnstube ohne Schornstein, und auf einmal ist die böse Welt verschwunden. Nur leise Kuratoren sitzen im Büro und denken mit Wärme an die Sammlung. Es ist, als würde sich die Wärme auch auf einen selber richten, als wäre man Teil jener Vergangenheit, die bewahrt werden muß und die von der Gegenwart nicht genug gewürdigt wird.

Die Dioramen des Zoologischen Museums eröffnen dem Menschen, der sich versteckt, ganze Landschaften. Der Steinblock eines Bruchwaldes bietet Schutz, und nebenan strahlt ein ausgestopfter Bär Kameradschaft aus. Das Himmelblau, das auf die Rückwand gemalt ist, vermittelt ein Gefühl vom Leben im Freien, von Rundreisen mit dem Omnibus in den 50er und 60er Jahren. Auf die gleiche Frische zielen die Vitrinen mit den Eisbären und mit den Robben unter einer Eisschicht ab.

Die Dorfschmiede oder die Kraftwerksturbine im Technischen Museum locken mit dem Geruch von Stahl. Im Meermuseum kann man sich unter dem Bett einer Luxuskabine verkriechen. Dort riecht es nach Staub und nach den Teppichböden der Jugend. In der Ferne schwebender Teerduft fügt eine Portion von der Zähigkeit eines sonnenverbrannten Seemannes hinzu.

Hinter den langen Vitrinen des Mineralogischen Museums ertönt die Stille der Jahrtausende. In der Fossilienabteilung schwebt man bereits über der Vorgeschichte. Das ist kein unangenehmes Gefühl. Es ist befreiend. Komme, was da wolle, ich bin Teil der Welt, der Seesterne und Mammuts, mein Baumaterial ist das gleiche wie das der Himmelskörper, die brausend im Universum ihre Bahnen ziehen.

Im Dezember steht im Heimatmuseum die Luft. Es ist, als atmete man die Zeit der Kirchenlieder und der Mühlsteine. Der letzte Eintrag im abgenutzten Gästebuch stammt vom August. Auf dem Tisch steht eine leere Kasse. Flickenteppiche laufen über den Dielenboden, auf einem Teppich flimmert ein Sonnenfleck. In einem ausziehbaren Bettkasten nehmen einen die Vorväter in die Arme.

In der Weihnachtsschmuckausstellung des Provinzmuseums ist die Atmosphäre feierlicher als in jedem Turku oder Nürnberg in der wirklichen Welt. Der Ungeduldige argwöhnt, unter der langen Festtafel könnte es langweilig sein – man könnte sich einsam fühlen, wenn die schlurfenden Schritte der Besucher sich entfernen und die langen Feiertage anbrechen. Aber damit fängt Weihnachten an. Die Silberbestecke klingen hell. Es summt in der Luft. Man versinkt in der Pracht des Geschirrs wie in einem alten Gemälde. Kristalle lassen das Licht der Welt erstrahlen, das von oben durch die Fenster des Museums fällt. Man muß weinen, aber schön. Weihnachten ist da.

## Die Sandgrube

Was denkt man im Dorf über die Sandgrube? In den Häusern am Straßenrand. In den wohlhabenden Gütern und in den Katen, wo man trotz allem lebt, kommt und geht, in der Diele poltert. Erinnert man sich? Liegt man nachts wach und denkt an die hohen Aufschüttungen, von denen manchmal ganz von alleine Steine herabrollen?

Verirren sich die Gedanken des Wanderers am Morgen in der Grube, wenn die Sonnenstrahlen von den Türen der Geschäfte zurückgeworfen werden und die Bank ihre Halle so neu und sauber öffnet, als hätte es den gestrigen Tag nie gegeben? Kommt dem Kontoristen in den Sinn, wie jetzt das Tageslicht in die Grube fällt, auf jedes einzelne Sandkorn darin, auf Krümel, die man auf die Handfläche legen und davonpusten kann?

Denkt irgend jemand irgendwo an die Sandgrube, wenn das Café geöffnet wird und die Besitzerin die Vitrine putzt? Wenn der Lieferwagen der Installationsfirma vorüberfährt. Wenn die Kindergärtnerin die Kinder über die Straße führt. Denkt jemand daran, erinnert sich jemand? Läßt sich jemand in einen Jahrzehnte zurückliegenden Sommer zurücksinken? In tröstlich warmen Sand, von dem immer eine Erinnerung bleibt, auch wenn man die Kleider ausgeschüttelt und die Hände im feuchten Gras abgewischt hat. Das Knirschen zwischen den Backenzähnen. Der Geruch auf der Haut. Die hübsche Reihe Sandkörner im Hosenaufschlag, die man erst viele Tage später in einer völlig anderen Situation bemerkt.

# Das Badezimmer

Das Nest des schamhaften Betrügers ist das Badezimmer. Dort entzündet sich seine Lust, und dort bereut er sie.

Der Mann wäscht am Samstagabend sein Haar, besprengt sich mit Rasierwasser und erblickt im Spiegel die Reinheit. Die möchte er den Frauen schenken. Er hält seine Absichten nicht für sündhaft in einer Welt, wo die Seelen verkalkt sind, wo man der Heiligkeit lästert, wo man mit dem Schwanz in der Faust der Möse hinterherrennt und wo jedes Wochenende einem alternativen Festival gleicht.

Der Mann betritt das Lokal, und schon ist es soweit: ab ins Taxi und unter die Decke. Haut drückt gegen Haut, doch der Mann kommt der Frau nicht nahe. Die Frau ist ein fremder Mensch. Der Mann ist ihr in verrauchtem Lärm begegnet, wo die Sätze immer wieder unterbrochen werden, wie beim Handy.

Am Sonntag morgen wacht der Mann früh auf. An einem Fuß ist ein Strumpf zurückgeblieben. Der halbschlaffe Schwanz schaukelt nackt vor sich hin. Nun muß der Mann kaltblütig daliegen und die Streifen auf der Tapete betrachten, sich in Erinnerung rufen, wogegen er verstoßen hat, warum er sich fühlt wie Petrus, dem der Hahn sang. Macht nichts, daß er seine Frau betrogen hat, aber warum hat er sich selbst betrogen? Er will weg. Er will barfuß übers Eis nach Tallinn rennen und die Spuren hinter sich mit Fichtenreisern verwischen.

Der Mann steht auf und geht ins Badezimmer. Dort erhält er eine Auszeit. Dort ist er wie ein Schauspieler, der von der Estrade in die Garderobe gekommen ist, wo er mit übereinandergeschlagenen Beinen dasitzen, die Lottozahlen überprüfen und die Geldbörse saubermachen kann, bevor er wieder mit dem Heldenmantel um die Schultern auf die Bühne springen muß.

Der Mann sieht sich die Ablagefächer im Regal an und schätzt das Niveau der Frau ein. Wenn er welches findet, lebt er auf. Die Produktnamen trösten, die multinationalen Firmen, die es gibt und die bleiben werden. Die gleiche Badezimmerreinheit, die am Vorabend anspornte, wirkt jetzt beruhigend. Die Kacheln atmen stille Kraft aus. Sie klagen nicht an.

Wenn der Mann die Badezimmertür aufmacht, weiß er, daß er überleben wird. Er kann gelassen das Hemd anziehen, den obersten Knopf schließen und sich eine Zigarette zwischen die Lippen schieben.

Auf der Rückbank des Taxis zeichnet er wieder ein unversehrtes Bild von sich. Er überlegt, ob er zu Hause die Rolle des Kommentators oder des Fieslings wählen soll. Rasch bleibt die Scham hinter ihm zurück. Die Fahrt des Autos entspannt, Ausgeglichenheit stellt sich ein, mildernde Umstände sammeln sich im Geiste an. Was kann der Mann für seine Natur? Warum hat man den Mann zu einem Don Quijote gemacht, daß er seine Lanze in jeden Propeller stecken muß, wie in der Volksschule in den Bleistiftspitzer, daß die Späne fliegen? Und was für eine Vollkommenheit ist das Goldstück denn, das sich daheim am Küchentisch die Nägel feilt? Vielleicht ist sie hier das Arschloch.

Die Welt wirkt wieder klar. Der Mann ist eins mit ihr, so wie als Kind, als er im Schienenbus saß und die Temperatur draußen die gleiche war wie im Zug und der Schienenbus durch die Landschaft sauste.

Wenn der Mann eine Woche später seinen Freunden von seinem Abenteuer erzählt, erhält die Geschichte sogleich einen rühmenden Unterton. Die Gesten werden prahlerisch. Der Mann wundert sich selbst, wie locker er den Vorfall nimmt: gerade so, als hätte er sich nie im Badezimmer versteckt.

## Die Bedrücktheit

Der Genervte ist wie ein Regisseur, der alle Szenen noch einmal neu haben will. Vom Moment des Aufwachens an beginnt er zu meckern. Am Frühstückstisch rührt er das Essen nicht an: Es würde beleben und womöglich den Zorn mildern, mit dem er die anderen unter Kontrolle hält. Wird er gezwungen, sich zu beherrschen – die Schwiegermutter anzulächeln oder das Kind von Gästen –, tut er das so gequält, als streckte er seine verkrampften Gliedmaßen aus.

Die Stimme des Gewissens befiehlt dem Genervten, aufzuhören. Er schämt sich für sein Benehmen. Er sieht die kommende Niederlage vor sich. Er zögert sie hinaus, indem er seinen Zorn intensiviert. Der Gefühlszustand gleicht dem des Torhüters, der den Puck hinter seinem Rücken vom Eis schaufelt, seinen Schläger zerhackt und den Schiedsrichter anschreit. Die Welt rundum ist wie dieser Schiedsrichter, sie blickt ausdruckslos zurück.

Ein vernünftiger Mensch wird nicht genervt und dann fuchsteufelswild. Er wird bedrückt. Die Bedrücktheit ist ein Versteck. Bedrücktheit befreit. Die Müdigkeit und die Pflichten des Alltags reichen nicht in ihren Schutz hinein. In ihren Tiefen gerät das Irdische in Vergessenheit. Zwar drängt sich statt dessen der Lärm des Bewußtseins auf und das Gefühl, daß alles verloren ist, aber das ist auszuhalten. Alles darf jetzt seinen Lauf nehmen. Auf diese Weise ruht sich der Bedrückte aus. Das ist die Art des Bedrückten, Urlaub von der Welt und ihren Regeln zu nehmen. Faust verkaufte seine Seele, der Bedrückte gibt sie kostenlos her.

Betrachtet man die Menschen aus dem Schutz der Bedrücktheit heraus, sehen sie aus wie Gespenster. Sie erscheinen in dunklen Schlafzimmern und machen sich wieder irgendwo über die Grenze davon. Ihr Schicksal weckt Mitleid. Es kommt einem vor, als hätten sie nichts als ihren erbärmlichen Alltag. Ihr Leben wirkt so primitiv, daß man schließlich glaubt, selbst auch dazu fähig zu sein. Man kann wieder danach greifen, wie ein Kind nach Plüschtieren greift, weil sie Krüppel sind.

An diesem Tag und in dieser Situation, wenn alles gutgeht, sehnt sich der Mensch nicht mehr nach Schutz und nicht mehr nach Verstecken. Er sehnt sich nur nach Licht und harten Wahrheiten. Er sagt sie sich selbst vor: Singt keine Choräle und bereuet nichts, sondern wundert euch und schämt euch dafür, daß eure Mutter keine Liebe mit einem schwarzen Mann erfahren hat.

## Lemminkäinen

*Lemminkäinen ist eine der Hauptfiguren des finnischen Nationalepos* Kalevala. *Er ist ein Held im traditionellen Sinn, ein Mann durch und durch, ein unerbittlicher Krieger, Skiläufer und Sänger, stets kommt er gerade von einer Brautfahrt oder bricht zu einer auf. Später wird er allerdings auch Schamane, ein Mann, der dem Totenfluß einen Besuch abstattet und berichtet, was er im Sterben gesehen hat. Am faszinierendsten an Lemminkäinen ist die Beziehung zu seiner Mutter. Immer wieder kehrt er zum Rockzipfel der Mutter zurück. Lemminkäinen ist unter den Eishockeyspielern der harte Bursche, der nach der Sauna seufzt: »Jetzt müßte einen bloß noch die Mutter in ein Frotteehandtuch wickeln und in den Armen schaukeln.«*

Lemminkäinen fickte, trank und zertrümmerte Brustbeine, doch verstecken konnte er sich nicht. Nachdem er den Herrn des finsteren Nordreiches getötet hatte, bat er Gott und seine Mutter um Rat, weil er sich verstecken wollte. Er wollte nur fort, in den Himmel, hinein in eine Wolke.

Fragt man andere nach Verstecken, kann man bis ans Ende seines Lebens fragen. Gute Ratschläge wird man nie hören, ungefähre dagegen oft. Auch Lemminkäinens Mutter zögerte und hütete sich vor der Verantwortung: Würde der Sohn zur Kiefer, würde die Kiefer umgehauen, würde er zur Beere, würde sie gepflückt, würde er zum Fisch, würde der Fisch gefangen, und würde er zum Wolf, würde der Wolf getötet.

Wer gefragt ist, Ratschläge für ein Versteck zu erteilen, der soll den Menschen, der sich verstecken will, so weit wegschicken, daß er unterwegs Zeit hat, viele eigene Entscheidungen zu treffen. Damit wälzt er die Verantwortung auf den Menschen, der sich versteckt, selbst ab. So tat es Lemminkäinens Mutter. Sie schickte ihren Sohn hinter die neun Meere.

Lemminkäinen segelte davon und erreichte eine Insel, doch dort versteckte er sich nicht, sondern führte ein buntes Leben, beschlief Mägde und Witwen, trank Bier und Met, aß Butter und Fleisch. Die wenigsten kommen zur Ruhe, auch wenn sie ein gutes Versteck gefunden haben: Ins Sommerhaus lädt man Gäste ein, für den Urlaub plant man Aktivitäten, an Sonntagen flieht man auf die Autobahn. Lemminkäinen verdarb sein Versteck, so wie er schon seinen Aufenthalt im Nordreich verdorben hatte. Die Männer der Insel wurden wütend, verbrannten Lemminkäinens Segel und jagten ihn davon.

Als Lemminkäinen heimkehrte, fand er sein Haus zerstört vor. Seine Mutter spürte er in einer Hütte im Wald auf, unter Fichten, zwischen zwei Felsen. Dort hielt sie sich versteckt und freute sich.

Lemminkäinen hatte über das Verstecken nichts gelernt. Er log, er habe es sich in den Wäldern und auf den goldenen Heiden der Insel gutgehen lassen, obgleich er in den Häusern geschwelgt hatte. Er pries den Frieden der Insel, obwohl er dieses Glück gar nicht genossen hatte. Er fürchtete wohl den Stillstand, den Untergang, und eilte darum von Dorf zu Dorf, um unentwegt seine Ehre und seine Existenz zu messen.

Lemminkäinen brach zum Rachefeldzug auf. Das mißglückte. Sein Schiff blieb im Eis stecken, und das Essen ging ihm aus. Beute machte Lemminkäinen in Form von Erfahrungen. Sie ließen ihn neuen Mut schöpfen, er bezog daraus genügend Kraft, um es bis nach Hause zu schaffen.

# Auf dem Eis

*In diesem Beitrag dienen zwei Gestalten aus der finnischen Geschichte, Henrik und Lalli, als Denkanstoß. Henrik war Finnlands erster Bischof, Lalli ein begüterter Bauer. Der Mord an Henrik ist eine historische Tatsache, die Informationen, die wir darüber besitzen, stammen jedoch fast alle aus der Volksdichtung. Henrik nahm sich ohne Erlaubnis in Lallis Haus etwas zu essen. Als Lalli nach Hause kam und von seiner Frau davon erfuhr, lief er Henrik auf Skiern nach und brachte ihn um. Ein unfaßbar jähzorniger Mensch! Diese Unfaßbarkeit dürfte ein Grund dafür sein, daß wir noch immer, 800 Jahre später, den Vorfall erinnern. Der andere Grund hat mit dem Tatort zu tun, mit dem Eis, mit dieser geschichtslosen Landschaft, dieser Welt der Leere, in der die Abstände von Zeit und Ort ihre Bedeutung verlieren. Den Ort, an dem Henrik sterben mußte, kann man jeden Winter aufsuchen, auf jedem zugefrorenen Gewässer.*

Bischof Henrik hätte sich nicht aufs Eis begeben, hätte er gewußt, daß er verfolgt wurde. Aufs Eis rennen die Vogelfreien, die Schuldigen.

Für Lalli waren die Schlittenspuren, die aufs Eis führten, wie ein Bekenntnis. Hatte er gerade noch gezaudert und sich über seinen Zorn gewundert, so lief er jetzt schnurstracks auf seinen Skiern voran, um zu töten.

Der Vorfall ist zeitlos. Das Pferd wiehert, Lalli brüllt, und das Blut spritzt. Lalli mordete, weil man sich auf dem Eis befand, und wegen des Eises erinnern wir uns daran. Auf dem Eis geschieht alles wie hier und jetzt, wie in unserem eigenen Kopf.

Nachdem er seine Mordtat verrichtet hatte, setzte sich

Lalli die Mitra des Bischofs auf. Auf dem Eis kennt man keine Gottesfurcht. Kein Blatt rauscht in den Bäumen, und keine Welle wälzt sich heran, um an die Werke des Herrn zu erinnern. Da ist nur weiße Ödnis und der Mann, der über das Wasser geht wie der Herrscher der unteren Welt.

Zu Hause setzte Lalli die Bischofsmitra ab. Dabei löste sich die Kopfhaut. Lalli war entsetzt und versteckte sich im Wald. Dort fanden ihn die Ratten. Lalli floh in den See und ertrank. Man erzählt sich, daß seine Seele noch immer auf Skiern unterwegs ist, immer weiter, doch nie irgendwohin gelangt.

Auf dem Eis ist jeder losgelöst wie Lalli. Das Ufer bleibt zurück, und zugleich bleiben Pflichten und Ziele, das Alter und der Beruf zurück. Die Bestrebungen des Menschen erscheinen gering. Auf dem Eis bleibt einem das eigene Keuchen, das Knistern der Schneekristalle auf dem Stoff der Jacke und der Gegenwind, der einem in die Arme läuft.

Mitten im Weiß kann einen bereits die Bedrücktheit ereilen. Schwach schimmert die Waldlinie am Horizont. Der Körper fühlt sich äußerst fleischlich an. Auch der Introvertierte merkt, worauf er so in sich zurückgezogen hofft: daß ihn jemand sucht, daß ihn schließlich doch jemand findet.

Es ist ein gutes Gefühl, wieder das Eis in Ufernähe zu erreichen, zu sehen, wie der Wald näher rückt, und die Hütten zu erblicken. Die Schwimmfässer der Bootsstege liegen erstarrt im Eis. In den Fenstern der Sommerhäuser hängen Vorhänge an den Stangen, am Nagel an der Tür ist eine Jacke zurückgeblieben. Im Küchenschrank warten stille Packungen mit Graupen. Die Möbel sind in der Position verlassen worden, die sie jetzt einnehmen. Alles bleibt so, wie es ist, Tag für Tag.

Hält sich der Mensch, der sich versteckt, auf der Terrasse

des Sommerhauses oder im Schuppen auf, fühlt er sich einen Nachmittag lang wohl. Am Abend sehnt er sich woanders hin, in ein neues Versteck. Er will sich immer selbst verlassen, bevor andere dazu kommen, es zu tun. Wenn die Sonne das Schilf rötlich färbt, rollt er sich bereits im schwankenden Schutz der Halme ein.

## Transportmittel

Der Zug schaukelt und saust an traurigen Landschaften vorbei. Der Mensch, der sich versteckt, döst, eingerollt im Schutze seines Mantels. Er ist für Sorgen nicht erreichbar.

Für den Menschen, der sich versteckt, haben alle Transportmittel ihren Reiz. Der langsame Schlepper im Hafen isoliert von der bösen Welt. Die Sonntagsspaziergänger auf der Uferpromenade und die Passagiere der Schwedenfähre sehen den sympathischen Schlepper, doch niemand ahnt, was für ein gemütliches Versteck sich hinter der Querwand verbirgt. Im Rumpf eines großen Segelbootes ist der Mensch, der sich versteckt, bereits ein Teil der Besatzung. In einem Hafen der äußeren Schären kann er an Deck gehen und das Glas heben auf die Gastgeberfamilie. Unter der Ducht im Bug mancher Ruderboote bleibt Raum offen. Sogar dort könnte der Mensch, der sich leidenschaftlich versteckt, einen glücklichen Ferientag auf dem Päijännesee verbringen.

Flugzeuge bieten wenig Platz für Verstecke. Ein Besuch auf der Toilette befriedigt das Bedürfnis nach Abwesenheit. Die Tür ist verriegelt, die Klimaanlage rauscht, und die Düsenmotoren dröhnen – man hat das Gefühl, als wäre die Maschine im Privatbetrieb.

In den Überlandbussen abgelegener Gegenden ist die Atmosphäre des Verstecks leicht zu erreichen. Es genügt, wenn man sich in der Mitte des Busses auf einen Fensterplatz setzt. Die Omas bleiben vorne. Das angenehme Gefühl, in Vergessenheit zu geraten, bemächtigt sich des Gemüts. Die Uhr über dem Fahrer ist auf zwölf Uhr stehengeblieben, und im Radio wird der Seewetterbericht durchgegeben.

Das Fahrzeug fährt im weiten Bogen in den Busbahnhof eines Provinzstädtchens ein, zischend geht die Tür auf, und der Mensch, der sich versteckt, platzt vor Glück. Er möchte hinausspringen und allen verkünden: »Ich bin jetzt hier!«

Ebenso beruhigend ist es, hinten auf dem Bock eines Traktors zu sitzen. Selbst wenn man Angst vor einem Mörder hätte, die Fahrt mit dem Traktor tröstet. Der Geruch von Erde und Abgas dringt in die Nase, und der Lärm verstopft die Ohren. Man muß den Kopf senken, die Metallteile des Treckers aus der Nähe betrachten und sie zittern lassen. Ein vor Fleiß strotzender Traktor oder Mähdrescher muß sich nicht einmal bewegen, um Sicherheit zu bieten. Denn auch die Verfolger respektieren die Ausstrahlung von Aufrichtigkeit und Allgemeinwohl, die in einer Maschinenhalle liegt.

Im Personenkraftwagen ist der Einsame der Welt ausgeliefert. Alles kann passieren. Wenn ein Mensch, der dazu neigt, sich zu verstecken, eine lange Strecke fährt, an einem Rastplatz anhält und zum Pinkeln in den Wald geht, sucht er lange nach einer passenden, geschützten Stelle, er begibt sich tief in den Wald hinein und betrachtet von dort aus argwöhnisch sein Auto.

Bis auf die Rückbank des Personenfahrzeugs reichen die Gefahren. Auf der Rückbank ist der Mensch namenlos. Wenn das Auto über eine dunkle Autobahn saust und man sich auf den Vordersitzen unterhält, hat der auf der Rückbank das herrliche Gefühl zu verschwinden.

Als Versteck kann es auch schon genügen, unbemerkt in der hinteren Ecke einer Reparaturhalle zu stehen, den betörenden Duft von Schmieröl einzuatmen und dem zuverlässigen Klicken der Werkzeuge und den Reden der Männer zuzuhören: »Willste den verkaufen, weil du ihn so großartig herrichten läßt?«

Ein Genuß wäre es, sich bei zwei Männern in einem Firmenwagen zu verstecken, sich im Fußraum des Fonds einzurollen und so in die Städte im Inneren des Landes zu reisen. Auf der Landstraße regnet es, im Auto riecht es feucht, und die Männer reden über Firmenangelegenheiten. Die Reifen rollen dumpf über die Straße, und der Mensch, der sich versteckt, wird von den holzigen Worten der Männer in den Schlaf gewiegt. Im Seitenfenster über ihm huschen Erlen und Wolkenfetzen vorbei.

Ausgelassen wäre der Mensch im Rücksitzversteck bei der Fahrt zweier Männer in den Urlaub. Beim Erklingen der Sommerhits könnte er sogar selbst ein bißchen teilnehmen, mitsummen und sich schließlich den Männern auf den Vordersitzen vorstellen. Die verständnisvollen Urlauber würden den Menschen, der sich versteckt, bei einer Kaffeepause einladen, sich zu ihnen an den Tisch zu setzen. Gefahr würde sich dort nicht verbergen: Selbst der gewiefteste Verfolger kann keinen Typen in Verdacht haben, der an der Shelltankstelle von Viitasaari in Gesellschaft zweier unbekannter Männer ein Käsebrötchen ißt.

Klammert man sich jedoch an die Auto fahrenden Männer und folgt ihnen bis in den letzten Winkel des Landes, bis zur Jagdhütte in Sevettijärvi, Ostlappland, dann kommt man in Schwierigkeiten.

## Das neue Leben

Von hundert Verschwundenen werden neunzig lebend wiedergefunden. Es sind Dementiker, Jugendliche und Betrunkene. Acht von hundert Verschwundenen werden tot gefunden. Zwei findet man nie. Sie fangen ein neues Leben an.

Der Mann wird vierzig und stellt fest, daß er zum ersten Mal die Meldungen über Männer versteht, die ihre Familie und sich selbst umbringen. Er weiß etwas von der Verzweiflung, von dem Schmerz, der einen zu der Überzeugung bringt, daß die Fehler, die begangen wurden, nicht mit kleinen Maßnahmen korrigiert werden können. Er tötet nicht; er geht aus dem Haus und sagt, er geht mal den Wagen vorheizen. Nach fünfzig Kilometern hält er das erste Mal an. Sein Herz pocht, und es rauscht in seinen Ohren. Es hat zwanzig Grad unter Null. Die Sterne knistern am Himmel. Der Mann ahnt, daß man sich zu Hause wundert, bei einem stummen Telefon anläutet und vor dem Haus nach ihm ruft. Das ist ein unangenehmes Gefühl. Und das muß es auch sein. Der Mann hat seinen Aufbruch lang geplant, sich davon jedoch so viel erhofft, daß er sich nicht getraut hat zu gehen; jetzt, da er es tut und es unerfreulich und hart ist, da glaubt er an sich selbst. Er hat das Gefühl, sich für eine so große Sache zu opfern, daß es ohne Leid nicht zu schaffen ist.

Nach Mitternacht ruft die Ehefrau die Polizei an. Man versucht sie zu beruhigen, empfiehlt ihr, abzuwarten – die Polizei sucht nicht nach erwachsenen Menschen, wenn sie kein Verbrechen vermutet. Dem irdischen Gesetz zufolge dürfen auch Ehemänner so lange draußen herumlaufen, wie sie wollen.

Am Morgen befindet sich der Mann auf der Höhe von Oulu. Er fährt an eine Tankstelle und schaut aus dem Fenster der Cafeteria auf sein Auto. Zur gleichen Zeit überzeugt zu Hause die Ehefrau die Behörden von den selbstzerstörerischen Absichten ihres Mannes. Die Angaben über das Auto werden an Polizisten und Taxifahrer weitergegeben, aber nur in der näheren Umgebung. Falls der Mann sein Telefon benutzt, wird es geortet.

Der Mann befindet sich in einer Gemütsverfassung, in der ihn alles, was gewesen ist, peinigt. Er hat so viel aufgegeben, sich so oft versöhnt und sich in so vielen Streits demütigen lassen, daß jetzt, da er vermutet, er sollte demütig sein, sich sein Trotz nur noch vertieft.

Der Mann fährt in Richtung Norden weiter. Er weiß seine Route zu wählen. Ein Mensch, der vor einer Lebensgefahr flieht, könnte das nicht. Der Flüchtling würde in sein früheres Leben zurückdrängen, zu seinem Sommerhaus fahren oder in die Heimatgegend seines Vaters. Es ist fast unmöglich, in der Not auf ein Versteck zu kommen, das nichts mit dem früheren Leben zu tun hat.

Drei Wochen später wird das Auto auf dem Hof eines Autohändlers in Kemi gefunden. Von dem Mann keine Spur. Die Welt ist groß genug, ein neues Leben läßt sich darin schon anfangen, und sei es als schwedischer Fährschiffer oder norwegischer Waldarbeiter. Für die Ehefrau fängt kein neues Leben an, bei ihr endet das frühere.

## Das Hinterzimmer

Manchmal sieht der Haushüter, der auf die Katze aufpassen soll, die Katze überhaupt nicht. Er sitzt den ganzen Tag in einem fremden Haus und geht immer wieder durch die Zimmer, aber der Pflegling ist nirgendwo zu finden. Legt sich der Hüter nachts ins Bett und macht das Licht aus, zieht am Fußende eine weiße Schwanzspitze vorüber. Sie bewegt sich wie die Flosse eines Hais. Das ist der Gruß der Katze.

Im gleichen sparsamen Stil begrüßt ein gradliniger Sechzigjähriger am eigenen Geburtstag seine Gäste. Die Ehefrau bewirtet die Besucher, dann läuft sie zur Kammertür, um den Mann herauszulocken: Er kommt nicht. Die Abwesenheit des Mannes gleicht einem Phantomschmerz. Sie bringt die Gäste dazu, unentwegt auf die verschlossene Tür zu blicken und nervös zu lachen: »Väinö läßt sich gar nicht blicken«, sagt die Ehefrau. Sie spricht es konstatierend aus, als spräche sie über das Wetter. Die Gäste starren vor sich hin und nicken entsetzt. Wenn sie sich in der Diele zum Aufbruch rüsten, schiebt sich die Hand des Mannes durch den Spalt der Kammertür, beschreibt einen ruhigen Bogen und verschwindet wieder.

Der Sechzigjährige hat es behaglich in seinem Hinterzimmerversteck. Er bedauert, sich nicht immer dort versteckt zu haben. Was hat er nicht schon vor aller Augen gelitten, wo er doch Gäste einfach nicht mag. Sein Gebäck bekommt man auch in der Kammer, in Form von Plätzchen, die in der Kommodenschublade aufgespart werden, und Abwechslung und Erlebnisse hat man auch. Es reicht, die Möbel zu betrachten und den Fensterrahmen. Immer gibt es etwas, das zu reparieren wäre. Immer stellen sich Gedanken ein, an die man im Alltag nicht herankommt, lebensbejahende, kostbare Gedanken.

Im Kammerversteck erkennt der Sechzigjährige, daß er sich entwickelt, daß sich auch in ihm noch neue Talente offenbaren. Er braucht seine Männlichkeit nicht unter Beweis zu stellen, indem er über eine Loipe hetzt oder auf einem Laufpfad keucht. Es reicht, wenn er in seiner Kammer sitzt. Damit stellt er seine Kraft unter Beweis. Er wagt es, im Versteck zu bleiben, gibt sich nicht dazu her, im Wohnzimmer von Halbbekannten unter die Lupe genommen zu werden. Er lächelt nicht düster in der Sofaecke vor sich hin, wie es normale, unvollendete Männer tun.

## Die Gefahren der Vortrefflichkeit

Auch für seine Vortrefflichkeit kann man sich schämen. Man kann wegen ihr sogar in die Lage kommen, sich verstecken zu müssen. Ist man daran gewöhnt, daß bei den anderen alles Tun veredelt wird, bei einem selber aber in die Binsen geht, macht eigener Erfolg bloß verlegen. Man hat das Gefühl, die anderen zu demütigen.

Schon während eines alltäglichen Tischgesprächs kann man anderen Kummer bereiten. Man reiht beiläufig hellsichtige Beobachtungen und unwiderlegbare Schlußfolgerungen aneinander, schon verstummt die Gesellschaft, und die Tischnachbarn starren in ihre Schöße. Sie sind mit ihrer Unbegabtheit konfrontiert worden und dadurch schwer aus der Fassung geraten. Jetzt hat man ihren Zustand auf dem Konto.

Nicht minder peinlich ist es, mit blendendem Aussehen einen Festsaal zu betreten. Die gepflegte Erscheinung schmettert die anderen nieder. Eine Atmosphäre der Beklemmung senkt die Stimmung. Auf dem Sportplatz erschlaffen die Mitspieler, wenn man ihnen seine Fähigkeiten offenbart. Der erfahrene Kollege verbittert, wenn man sich an seiner Arbeit vergreift und sie besser macht. Entsetzlich peinlich ist es, einem alten Fachmann Ratschläge zu erteilen oder einen Professor auf dessen eigenem Gebiet zu korrigieren. Im Wesen all jener Gedemütigten bleibt etwas unwiderruflich zerrüttet. Unerträglich, hinzuschauen. Man muß sich zum Trauern in die Einsamkeit zurückziehen.

Unter Umständen arbeitet man sein ganzes Leben daran, diese niederschmetternde Übermacht immer wieder zu verstecken. Das eigene Ich entfaltet sich so nie. Ein großer

Teil der Persönlichkeit verpflichtet sich, andere zu schützen.

Selbst wenn man niemanden blamiert, wenn man immer bloß gibt, auf die Bühne steigt und eine imposante Polka tanzt, kann man andere unter Umständen mit seinem Glanz ärgern. Man fühlt sich unecht, nuttig. Noch am Abend glühen die Wangen, und der Beifall dröhnt in den Ohren. Die eigene Größe kommt einem sündhaft und bedrohlich vor. Ob sie einem verziehen wird? Ist man jetzt bis zum Tod gezwungen, zu reüssieren?

Fängt man an, auf den Erfolg zu warten, kommt er nicht. Der Auftritt geht in die Hosen. Man blickt vom Rednerpult auf, und aus dem Mund kommt es ganz anders als geplant heraus. Selbst wenn man als Star zu einem Sommerfestival eingeladen ist, muß man die Demut wahren. Auf dem Festplatz darf man auf dem Fahrrad ankommen, mit glänzenden Schenkeln und, warum nicht, auch mit dem Fallschirm. Es kann durchaus stilvoll sein, in der Waagerechten auf der Bühne niederzusinken und bereits eine Sentenz über das Leben von sich zu geben, während neben einem der Fallschirm niederschwebt. Organisiert man jedoch im Rausch des künftigen Erfolgs einen Hubschraubertransport und landet wie ein Erzengel auf dem Rasen neben dem Campingplatz und springt mit überheblichem Blick auf die Zelte des Pöbels aus dem Helikopter, dann schlägt das Schicksal zu. In Gestalt der Rotorblätter hackt es den Körper in der Mitte durch. Die unteren Extremitäten machen noch einen verdutzten, ungläubigen Schritt; der Oberkörper rollt über den Rasen und bespritzt das Kuppelzelt einiger Mädchen mit Blut.

Übermacht muß man verstecken. Man muß sie in eine Form kleiden, in der die Nächsten sie ertragen. Das tut weh, und es macht einsam.

## Ein Sack mit Konserven

Ein Sack mit Konserven in der hintersten Ecke des begehbaren Kleiderschranks beruhigt. Aufbruch, Mangel oder Zerstörung – egal was kommt, man hat zu essen. Der Sack enthält Sardinen, Thunfisch, Fleisch, Gemüse, Honig und Knoblauch, Salmiak und Zucker sowie Reis, Nudeln und Zwieback.

Der Kluge schreibt rechtzeitig vor der Katastrophe an eine dänische Fleischfabrik und bestellt *en gros* einen Container verzinkte Schinkenkonserven. Versteckt man die im Wald, sind die nächsten Jahre gesichert.

Leute, die im Krieg waren, erzählen, einen Helden könne man nicht im voraus erkennen: Der Stillste erweist sich oft als der Tapferste. Genauso kann sich einer, der sich gern zurückzieht, als Hauptperson zu erkennen geben. Nach einem Großunglück irrt das arme Volk durch die Wälder, aber einer hat dänisches Fleisch unter einem Baumstamm. Wenn die vom Hunger ausgezehrte Tangokönigin auf den so Präparierten mit dem weichen Herzen trifft, fällt die Begegnung rührend aus: »Sag mir, was du willst, dann saus ich auf dem schnellsten Weg zur Grube und mach sie dir auf.«

Letzten Endes muß auch derjenige, der Vorkehrungen getroffen hat, sich um sich selbst kümmern. Wo sich ein Mann in der Not versteckt und was er dort zu sich nimmt, ist seine Sache. Seinen Vorrat muß man bewachen, wie der Dreikäsehoch seine Weihnachtsgeschenke im Auge behält oder der Wolf die Beute, beim Essen sollte der Blick auf die nähere Umgebung gerichtet bleiben, und die Bissen müssen unzerkaut geschluckt werden: klunk, klunk.

Auch der größte Geheimvorrat versiegt einmal. Der

Mensch, der sich mit Konserven gestärkt hat, kommt dennoch durch. Er sieht und hört und kann noch. Sein Problem ist die Milde des gutgenährten Jägers: Entdeckt er einen Frischling, findet er ihn bloß niedlich und nimmt ihn als Haustier mit in seinen Unterstand. Was aber wird in einem Jahr, wenn das Schwein so groß ist wie ein Sofa, wenn die Hauer hervorstehen und das Tier auf der Erde liegt wie ein Pubertierender und »öh« und »leck mich« sagt – was stellt man mit der Sau dann an?

Selbst wenn es nie zur Katastrophe kommt, erinnert der Sack mit den Konserven in der hintersten Ecke des begehbaren Kleiderschranks an verborgene Energievorräte. Sieht man ihn, wünscht man sich fast, schon bald mit Hunger und Kälte seine Kräfte messen zu dürfen, ein neues, tüchtiges Leben zwischen Bäumen auszuprobieren. Man sitzt auf den weichen Sofas dieser Welt, gestärkt durch sein Geheimnis: Der Sack ist da.

## Vorbilder

Der Mensch, der sich versteckt, ringt in seinem Glauben allein. Sympathie wird ihm nicht einmal im engsten Kreis zuteil. Der Ehepartner weist selbst vorsichtige Unterfangen mit Gleichgültigkeit oder blankem Zorn zurück. Den Schüchternen läßt das an seinen Plänen zweifeln und sich selbst bezichtigen. Unterstützung und Ermutigung muß sich der Mensch, der sich versteckt, aus Büchern holen. Von realen Vorbildern aus der Geschichte erhält er praktische Tips, von erfundenen Figuren Inspiration.

Hat man Pläne, die einem zu extravagant erscheinen, muß man sich nur an die Brüder aus Estland erinnern, die sich jahrelang im Wald vor den Russen versteckt hielten und ganze Wohnungen unter der Erde bauten. Findet man keine frischen Verstecke, muß man an jenen pfiffigen Ostdeutschen denken, der sich in einem hohlen Surfbrett auf dem Autodach verbarg. Jagt einem die Effizienz der Sucher Angst ein, muß man sich der Indianerstämme entsinnen, die unsichtbar und unbenannt in den Urwäldern des Amazonas leben. Bedrückt einen das wachende Auge der Stadt, hilft unter Umständen bereits eine einspaltige Zeitungsmeldung: Jedes Jahr verstecken sich in Helsinki Dutzende von Menschen vor emsigen Gerichtsvollziehern.

Filmfiguren, die sich verstecken, taugen nicht als Vorbilder. Sie gehen einfach freudlos in Deckung. Denn das Metier des Films ist die Flucht – und Fluchtmotive braucht man nicht zu erklären, weil jeder schon mal einen Verfolgungstraum gehabt hat. Die Motive des Menschen, der sich versteckt, jedoch sind geheimnisvoll und tief. Das kann ein Film niemals zum Ausdruck bringen.

Endogene Sichverstecker trifft man nur in Büchern an. Bei uns in Finnland hat sie ein gewisser Veikko Huovinen geschildert. Er repräsentiert die Sorte von Erzähler, die ihre Figuren sich mutig und ohne Aufhebens verstecken lassen. Versteckt sich ein kleiner Mensch vor Verbrechern, kann das spannend sein, versteckt er sich aber ohne Grund, verrät das etwas Elementares und Untrügliches über das Leben. Man hat das Gefühl, als würde auch der eigene Kummer verständlich werden.

# Anne Frank

Die Familien von Otto Frank und Hermann van Pels versteckten sich im Juni 1942 vor der Judenverfolgung. Das Versteck befand sich im hinteren, dem Hof zugewandten Flügel eines Bürogebäudes in Amsterdam. Vier Räume des Gebäudeflügels wurden vom Kontor abgetrennt und der Eingang mit einem Bücherregal maskiert. Das Haus befand sich in Gebrauch der Firma von Otto Frank. Seine Büroangestellten brachten den Menschen im Versteck das Essen. Diese mußten sich vorsichtig bewegen, denn im Lager unterhalb der Zimmer wurde gearbeitet.

Im August 1944 wurden die Familien Frank und van Pels denunziert. Von den acht Bewohnern des Verstecks starben sieben in Konzentrationslagern. Otto Frank blieb am Leben. Anne Frank starb im März 1945 im Lager Bergen-Belsen an Fleckfieber, im Alter von sechzehn Jahren.

Beim Lesen von Schilderungen aus Konzentrationslagern reagiert man oft mit Abwehr oder wird konfus, verweigert die Empathie. Die Greuel entsetzen einen dermaßen, daß man an sich selbst zu zweifeln beginnt: Würde ich auch foltern können? Diesen Gedanken muß man abwehren, indem man weiterliest, vor den Vorfällen flieht, in der Hoffnung auf einen endgültigen Schlag der Gerechtigkeit. Der aber kommt nie. Man findet ihn nicht einmal in den Protokollen der Kriegsgerichte. Diese bieten bloß Rechtswissenschaft: Ausweichende Formulierungen und Todesurteile für Kommandanten, die einem stets unzureichend vorkommen. Sie scheinen keinerlei Verbindung zu den Geschehnissen im Konzentrationslager zu haben.

Wesentlich leichter ist es, sich in diejenigen hineinzuleben, denen es gelang, zu fliehen und sich zu verstecken, in die, welche für einen Moment den Greueln entrannen. Sie erscheinen einem nah und wirklich. In ihnen nimmt die Hoffnung Gestalt an.

Scheitern diese Menschen dann in ihrem Bemühen, bleibt dem Leser ein Erbe, eine Vorstellung von der Richtung, in die es weitergeht. Mit aller Kraft will er in diese Richtung streben. Er schwört sich selber Eide. Er beschließt, immer die Kleinen zu verteidigen und die Leidenden zu schützen und dem zu trotzen, der seine Macht mißbraucht. Er verspricht, immer zu lieben.

Im Familienleben zerbröckeln diese Prinzipien innerhalb eines halben Tages. Sie sind zu groß. Man ist nie in der Lage, sie zu verwirklichen. Die eigene Schwäche und Verlogenheit ärgern einen nur. Den Ärger wird man los, indem man seine schlechte Laune an den Kindern ausläßt und sie anschreit.

# Das Antiquariat

Manch einer hat das Hinterzimmer eines Antiquariats andächtig und erleichtert betreten wie ein Pfarrer, der den Kirchenraum verläßt und wieder in die Sakristei gelangt. Die wenigsten aber haben in den geheimen Winkel gespäht, der vom Hinterzimmer des Antiquariats mit einem Vorhang abgetrennt ist. Auch dort sind Bücher. Sie liegen haufenweise auf dem Fußboden. Nie scheinen sie einen willigen, fühlenden Besitzer gehabt zu haben. Da finden sich lose Blätter aus Ingenieurmatrikeln, Western-Taschenbücher, geschichtliche Darstellungen über Sprengel auf dem Land sowie ein Opus von E. Tiket mit dem Titel »Benimmst du dich einwandfrei?«. Über allem schwebt der Geruch uralten Vergessens. Hinter Vorhang und Wand geht im vorderen Raum das Leben weiter. Dort beugen sich tüchtig wirkende Männer über die Kiste mit den Sonderangeboten, und die Tür geht auf und zu.

Schlüpft man am Samstag kurz vor Ladenschluß hinter den Vorhang des Hinterzimmers und paßt sich den Büchern an, wird einem ein erhebendes Wochenende beschert. Um zwei sperrt der Besitzer den Laden von außen zu. Er rüttelt noch einmal an der Tür – dann herrscht Stille. Von jetzt an hat man Zeit für sich. Den vorderen Raum sollte man sich für den Sonntag aufsparen; für heute reicht es, da zu sein, wo man ist, und sich mit den Raritäten vertraut zu machen, die im Hinterzimmer hinter die Buchreihen gerutscht sind.

Wie traurig wirkt ein Schwein, wenn es einen von den Seiten eines Kinderbuches in einem stillen Antiquariat anlächelt. Wie schön ist das Licht des Frühlingsabends, wenn es durch die staubigen Fenster scheint und wenn dazu in den Ohren das hoffnungsvolle Summen Tausender von Büchern klingt. Die Schriftsteller der Welt strecken die Hände aus. Diese Geste kann man beantworten, indem man vor Glück seufzt.

Der Flohmarkt ist ein gemeiner Ort. Den Frieden des Antiquariats kann er nicht bieten. Auf dem Flohmarkt ist das Leben fremder Menschen auf Tische gepackt, die gebrechliche Nacktheit von Töpfen und Videokassetten. Im Antiquariat akzeptiert der Mensch seine Lage, auf dem Flohmarkt verlangt ihn nach einem Kristallschwan, nach etwas, das sein verwirrendes Begehren schlucken könnte.

## In der Stadt

In der Stadt darf man dem Entsetzen keine Macht einräumen. Der Erschrockene rennt an die Ufer oder in die Parks, doch er gelangt nicht ins Versteck: Die Städter gehen mit offenen Sinnen durch ihre Naherholungsgebiete und nehmen von jedem Schwanken im Schilf Notiz.

Der Schüchterne hat das Gefühl, in der Stadt nicht einmal heimlich ausspucken zu dürfen. Überall rundum sind Menschen unterwegs, übermächtig wie Prominente. Der Tag geht in den Abend über, der Abend in die Nacht, doch es findet sich kein Schutz.

Der Tüchtige vergißt nicht, daß die Stadt voller Gleichgültigkeit und Möglichkeiten ist: Brachflächen, verwinkelte Dachkonstruktionen, unterirdische Klüfte und Containerdörfer im Hafen. Der Mensch, der willig ist, sich zu verstecken, kennt diese Schlupfwinkel der Stadt, so wie derjenige, der einen empfindlichen Magen hat, ihre Toiletten kennt.

Ein gutes Stadtversteck ist gewagt. Es findet sich dort, wo die Stadt am intensivsten lebt, unter den Pflanzungen vorm Theatereingang oder im Denkmal für Marschall Mannerheim. Jeder, der mit der Leidenschaft eines Menschen, der sich versteckt, ausgestattet ist, versteht, wie großartig es wäre, dem Pferd des Marschalls den Magen aufzuschweißen und im Dunkel der Nacht in der Öffnung zu verschwinden, das erwachende Leben Helsinkis zu beobachten, die Restaurantterrassen, die sich mittags füllen, und die Menschen, die das Aufblitzen im Auge des Pferdestandbildes nicht bemerken.

Manchmal reicht als Stadtversteck auch, sich ein stilles

Viertel zu suchen, wo eine alte Industrieimmobilie oder eine städtische Einrichtung im trockenen Asphalt versinkt – in Tampere kann das der Stadtteil Viinikka sein, in Turku kommt die Piispankatu als Straße in Frage. Ein einsames Auto wartet am Straßenrand. Sonnenverbrannte Bauten stehen schweigend da. Der monumentale Alltag strömt und rauscht irgendwo im fernen Zentrum dahin. Betrachtet man die Straße ausführlich, begreift man sich selbst bereits in Abwesenheit von ihr: Alles hier wird nach mir genauso weitergehen.

Eine ähnlich wehmütig-süße Erfahrung kann man im Wald nicht machen. Der Wald lebt und wandelt sich. Er nimmt nicht Maß an der Zeit des Menschen, er nimmt Maß an Gottes Zeit. Im Wald betrachtet man lang die Stämme hoher Kiefern und ist ewig; in der Vorstadt ist der Mensch, der sich versteckt, schon fast nicht mehr da.

## Das Hotel

Im gemieteten Ferienhaus spielt man Vater, Mutter, Kind: Man macht sauber, deckt den Tisch, und beim Kaffeetrinken guckt man sich um. Im Hotel ist der Mensch allem entbunden. Das hinterste Zimmer eines verlassenen Hotelflügels gehört gar nicht zu dieser Welt. An der Wand hängt die obligatorische Grafik, die Neonröhre im Bad springt an und sirrt, die Säume der Tagesdecke reichen bis zum Boden. Die schwere Tür läßt keine Geräusche ein. Legt man sich ins Bett, hört man die Stille. Dies ist der Ort mitten im Wald, wo ein Baum umfällt, ohne daß es jemand hört.

Das Hotel tröstet, wenn man müde ist, wenn die Träume sterben, die großen Erwartungen sich doch nicht erfüllen. Das Hotel hilft, wenn viele Sorgen und Aufgaben quälen. Das Hotel gibt einem den Glauben zurück, wenn die eigene Unzulänglichkeit deprimiert. Bringt man die Kraft auf, sich zwei Stunden auf die Stille des Hotelzimmers zu konzentrieren, an die Decke zu starren und aus dem Fenster zu schauen, ist man anschließend wieder willens und sportiv, mit der Welt auf du und du.

Je vornehmer das Hotel, um so besseren Schutz bietet es. Verfall ist etwas Wunderbares, er liebkost den Märtyrer vor den Wänden und Wällen von Rangierbahnhöfen, aber ein schlechtes Hotel geht einem einfach auf die Nerven. Ein heruntergekommenes Zimmer nährt keineswegs das Selbstmitleid. Es nährt das Gefühl, in einer Lauge aufzuweichen oder mit Kriminellen zusammenzusitzen, die auf einer Couchgarnitur ihre Scherze machen.

Die Obhut des Luxushotels spürt man schon am Eingang. Die Angestellten am Empfang sind kühl, noch kühler aber sind sie gegenüber Verfolgern, obskuren Stoffen, sämtlichen Sorgen, die den Menschen nachsetzen und ihren Opfern dabei mal näher und mal ferner sind. Niemand verteidigt den kleinen, zahlenden Menschen so energisch und bedingungslos wie der Portier eines ehrwürdigen Hotels.

Vom Stumpfsinn des Hotels sollte man sich nicht abschrecken lassen. Man darf sich nicht an die Fernbedienung klammern, auf das Vorabendprogramm starren oder die Informationsmappe durchblättern. Man muß sich der Langeweile hingeben. Man muß sich hineinstürzen. Ihrem Inneren entschlüpft der Seelenfrieden.

Erwacht man in einem Hotelzimmer mitten in der Nacht und kann nicht mehr schlafen, sollte man sich in die leere Wanne setzen, dort die Kundenzeitschrift lesen und fühlen, wie die Welt schlummert. Am Morgen ist es angenehm, an dieses nächtliche Erlebnis zurückzudenken. Es ist so privat und geheim, daß es einem vorkommt, als hätte man es dem Leben selbst verheimlicht, es ihm abgeluchst.

# Bücher

Auf einer einsamen Insel hat man alles dabei, wenn man ein Buch mitnimmt. In einem guten Buch kann man sich eine Wohnung einrichten. Träume verflachen und Erinnerungen verblassen, aber die hell erleuchteten Räume des Buches sind durch nichts bedroht. Dort ist der Mensch geschützt.

Menschliches Dasein bedeutet, am Ufer zu stehen und zu winken, wenn die Schiffe auslaufen, es bedeutet, sich auf die Reling zu stützen und zuzusehen, wie das Ufer zurückbleibt, aber im Buch sind Schiff und Ufer gleichzeitig nah. Menschliches Dasein bedeutet, die Dinge vorwärts und rückwärts zu durchdenken, und wenn man dann vor einer Tür in der Schlange steht, verliert man sofort die Nerven. Im Buch kommt man ohne Hindernisse voran.

Mit einem guten Buch gelangt man vom Wohnzimmersofa aus durch das Belüftungsfenster in der Küche direkt zum Torfabbau im Hämeenlinna der 50er Jahre. In einem guten Buch gibt es Wolkenstückchen, Sehnsucht, Tod, ein Gefühl von Ferne und von Pfaden zwischen Blaubeersträuchern, so daß der Mensch davon ganz durcheinandergerät, in Einzelteile zerfällt. Was das Buch macht, das macht man als Leser. Als Leser spannt man das Pferd an, als Leser fährt man zum Ufer eines Weihers. Kehrt man von einer solchen Fahrt zurück und sieht seinen Körper auf dem Sofa, hat man das Gefühl, registriert worden zu sein.

Das Fremde und Seltsame, das Wolkenstückchen kann auch das sein, was seltsam vertraut ist. Auch dort kann man sich verstecken, im Kleinen, aus der Nähe Betrachteten. Der Mensch paßt auch ins labyrinthische Universum einer Zuckerdose, wenn man es ihm zeigt: »Nicht das kam auf

den Löffel, bei dem man es versuchte, auch nicht das daneben, das es hätte sein können, sondern ein ganz anderes.«
(Veijo Meri)

## Einzelheiten

Bei einem schlechten Film muß man die Ränder betrachten, die Straßenansichten und die Einrichtungen, man muß sich etwas suchen, mit dem die Zeit vergeht. Wenn man einmal nicht in ein Versteck kommt, weil man im Bett liegt oder auf der Rückbank zwischen den falschen Leuten sitzt, muß man sich sein Versteck in Einzelheiten suchen.

Das Kind sieht Einzelheiten. Es richtet den Blick auf das in der Sonne glühend heiße Brett und die darüber hinweglaufende Fliege. Es gibt nur die Stille und das gedämpfte Summen der Fliege. Die Welt nimmt einen auf. Man ist eins mit ihr.

Der Erwachsene ist eins mit den wechselnden Jahreszeiten und mit dem Herbst, der ständig am Kommen ist. Erst unter außergewöhnlichen Umständen findet er die Ersatzverstecke der Einzelheiten und erinnert sich, daß es noch eine andere Wirklichkeit gibt als die, in der man über die Straßen eilt und Angst vor morgen hat.

Im herbstlichen Wald bleibt der Mann, der über Scheidung nachdenkt, an einem Graben stehen. Die Strömung ist stark, die Halme biegen sich, und auf der Wasseroberfläche treiben Luftblasen. Der Mann fixiert eine Blase, die in der Strömung dahinsaust und verschwindet. Er fragt sich, was das für ein Dasein ist, das Dasein einer Luftblase, die im dunklen Wasser eines Waldgrabens lebt, zuerst klar und unerschütterlich und dann ganz und gar verschwunden, weg. Durch diese Gedanken kommt er zu sich. Er kann seinen Weg fortsetzen.

Im Zimmer der Poliklinik kann ein einfacher Stift helfen. Ihm sieht man die Kümmernisse des Krankenhauses nicht an. Ein weißer Reklamekuli bringt den gleichen natürlichen Frieden ins Zimmer wie die Aussicht auf eine Seenlandschaft. Diesem Frieden vertraut er sich an, der Mensch, der sich versteckt. Aus seinem Schutz verfolgt er, was mit ihm geschieht.

Der Business Planning Manager blickt im morgendlichen Stau auf eine einsame Kiefer am Straßenrand und erinnert sich an die Barmherzigkeit der Natur. An dieser Kiefer bleibt seine Seele hängen, während sein Volvo und sein Streß nach Helsinki weiterfahren.

Im Sozialamt richtet der Mensch den Blick auf ein Belüftungsrohr und sieht in dessen verlassener Gestalt die Brüderlichkeit. Von diesem Rohr aus beobachtet er, wie sein Körper nach vorne tritt, um einen Antrag zu stellen.

Der Familienvater, der zur Reservistenübung fährt, bemerkt auf der Toilette des Busbahnhofs den verbeulten Papierhalter und legt auf dessen Deckel sein Herz ab. Dort wartet es, das Herz, auf die Heimkehr des Vaters.

Ersatzverstecke gibt es überall. Überall kann eine unschuldige Mutter oder eine Fußleiste den Blick zum Innehalten bringen und anderswohin lenken, so wie ein Akkordeonspieler, der in Ekstase geraten ist, im Jenseits verschwindet.

Ist das Gemüt ruhig und man braucht kein Versteck, strahlen die stillen Einzelheiten ein unverhältnismäßiges Sehnen aus. Dann starrt einen der Fensterhaken oder der Sofaknopf mit leeren Augen an. Auch das macht nichts, denn auch dann ist man schon anderswo: Teil der großen, internationalen Brüderschaft der ins Leere Starrenden.

## Das Finnland der Verstecke

Das Finnland der Verstecke ist arm und karg. Schotterhalden, Moor und trockener Heidewald werden hier als Schutz angeboten, offene Seen und offene Felder. Hier geht man über baumlose Fjällgipfel und glatte Felsen, über Kahlschläge und über die Bohlen, die durch Sümpfe führen. Wenn das Weidengehölz eines Brachlands auch für einen Moment frühlingshaften, grafischen Glanz bietet, so fällt man aus seinem Schutz doch bald auf offenes Gelände.

In die Gebirge und Dschungel der Welt passen Armeen und unbekannte Säugetierarten; unsere Taleinschnitte und Erlenwälder sind Verstecke für eine Nacht. Ferne Länder haben ihr Shangri-la, wir haben die Senken zwischen Landrücken von der Eiszeit zurückgebliebene runde Täler, wo man an Mittsommer noch einen Klumpen Schnee entdecken kann.

Der Energische läßt sich von den Umständen nicht entmutigen: Ist die Senke tief, kann dort eine Kleinpopulation leben, eiszeitliche Asseln und farblose Falter. Spannt man dort, am Fuß steiler, grasbewachsener Hänge eine grüne Plane auf und richtet sich darunter häuslich ein, erhält man ein brauchbares Nest. Dort hört man nichts, und es verirren sich dorthin auch keine Wanderer.

Die geheimste finnische Verstecklandschaft bilden die Waldinseln inmitten großer Felder. Sogar die intensive Landwirtschaft kann versehentlich eine solche Insel unberührt lassen. Dann liegen morsche Stämme im üppigen Farn. Das Tageslicht zieht sich in langen Streifen über den Moosteppich. Tritt man aus dem Zwielicht und der kirchenhaften Kühle einer Waldinsel in die Helligkeit des Feldes, hat man das Gefühl, geboren zu werden oder als Genesender vor dem Eingang eines Krankenhauses zu stehen.

Die finnische Landschaft gefällt durch ihre Kargheit. Auf der Schwedenfähre sitzen wir befremdet im Getümmel des Appetithappenbüffets; die wirkliche Welt tut sich vor den Fenstern auf. Dort auf den kargen Felsen der äußeren Schären erwarten uns die Grundwerte und die Aussöhnung mit dem Herzen. Dort kämen wir mit wenig aus, wir lebten von Beeren und Barschen und büßten die Sünden der Eitelkeit ab.

Der Finne sehnt sich stets nach etwas. In unserem Herzen wohnt der Samstagabend, das Gefühl, daß in der Wohnstube das Fenster offensteht und draußen uns die Welt erwartet. Das hat weder mit Trauer noch mit Fröhlichkeit zu tun. Es ist die Portion Cowboy in der Seele, der Wunsch, sich abzuwenden und davonzugehen. Es ist eine Ahnung von den blauen Wäldern am Horizont, in denen die Seele wohnt.

## Der Meister der Verstecke

Wer dem Leben hinterherrennt, bekommt die Landstraße und fremde Städte und die Luftschlangen verlassener Festplätze, über die der Wind fegt, zu Gesicht. Wer nach dem ewigen Glück trachtet, erwacht erschöpft wie der König des Rock'n'Roll, dem beim Aufstehen einfällt, wer er ist und was von ihm erwartet wird. Wer aber bleibt, wo er ist, kann den Rummel an sich herankommen sehen, wie der Sommer die Wand des frühlingshaften Schuppens erreicht.

Auf Tour sitzt die Seele auf der Schulter, reißt den Schnabel auf und guckt von dort aus zu, was das Rückenmark macht. Im Alltag ruht die Seele im Schoß, und der Mensch rollt sich zusammen, um sie zu beschützen. Im Versteck aber ist der Mensch bei sich und komplett wie eine Matuschka-Puppe. Diese Art von Versteck suchen die Vagabunden. Danach schauen sie sich um, nach einer eigenen Hütte, wo man auf der Eingangsstufe eine rauchen kann und von deren Rasen man an einem Abend im Herbst den Dreck aufhebt.

Sein Versteck findet man nie, sucht man es erst im Moment der Not. Der Kluge hält unentwegt nach Verstecken Ausschau. Selbst verwegene Vorhaben können sich erfüllen, wenn man an sie glaubt.

Der Abenteuerlustige möge in den Winkeln von Cernis Teilchenbeschleuniger verschwinden, im Kühlwasserbecken eines Atomkraftwerks oder im Rednerpult des Weißen Hauses.

Der wirkliche Meister indes kauft sich ein kleines Reihenhaus in Janakkala. Er grüßt die Nachbarn und beteiligt sich an der gemeinschaftlichen Grundstückspflege. Er bewegt sich für alle sichtbar, wenn aber die Nacht kommt und die Siedlung still wird, legt sich der Meister der Verstecke in sein Bett und bebt vor Wonne.

Inhalt

An die deutschen Leser 7
Ins Versteck 9
Der Dachboden 10
Das Fabrikgelände 13
Menschenmengen 15
Versteck spielen 18
Das Zuhause 20
Ostbottnien 23
Die Fischerhütte 25
Im Winter 28
Auf dem Flughafen 30
Öffentliche Einrichtungen 32
Der Wald 35
Der Bluthund 38
Der Friedhof 40
Im Krieg 43
Hinter dem Unterstand 45
Die Umarmung der Mutter 47
Die Rundballen 49
Im Sommer 50
Die Bibliothek 52
Offene Stellen 53
Somero 55
Das Museum 58
Die Sandgrube 60
Das Badezimmer 61
Die Bedrücktheit 64
Lemminkäinen 66
Auf dem Eis 68

Transportmittel 71
Das neue Leben 74
Das Hinterzimmer 76
Die Gefahren der Vortrefflichkeit 78
Ein Sack mit Konserven 80
Vorbilder 82
Anne Frank 84
Das Antiquariat 86
In der Stadt 88
Das Hotel 90
Bücher 92
Einzelheiten 94
Das Finnland der Verstecke 96
Der Meister der Verstecke 98